suhrkamp taschenbuch 3035

D0720424

»Keine Ahnung, wie ich das Abitur geschafft habe«, wundert sich die Apothekertochter, die »Schlaf- und Beruhigungsmittel schluckte wie jemand, der sowieso bald stirbt und der sich bloß noch über die finalen Schmerzen hinweghilft«. In der Disko Sitrone, einem Ort, an dem sie »lieber unglücklich war als an allen anderen Orten«, durchtanzt sie die Nächte, aufputschendes Ephedrin bringt sie jetzt in ganz andere Aggregatzustände. »Ich hätte Wünsche und Ziele haben sollen«, sagt sie, »doch für mich war die Zukunft bloß ein Feind mehr, der es auf mich abgesehen hatte.«

»In den Erzählungen der Karen Duve verheben sich die Menschen an ihren inneren Brüchen, und sie stehen ständig vor Abgründen. Doch trotz aller Tragik fehlt Karen Duves Geschichten jegliche Sentimentalität: Der lakonische Ton, mit dem sie schreckliche Abstürze als banale Unvermeidlichkeiten beschreibt, ist unerhört.« *Stuttgarter Zeitung*

Karen Duve lebt in Hamburg. Für ihre Kurzgeschichten wurde sie mehrfach ausgezeichnet: mit dem »Preis für junge Prosa«, Arnsberg, dem »Open-Mike« der *literaturWERKstatt berlin*, beim »Bettina-von-Arnim-Preis« der *Brigitte* und beim »Gratwanderpreis« des *Playboy*. 1999 erschien der *Regenroman*.

Karen Duve
Keine Ahnung

Erzählungen

Suhrkamp

Die Erzählung *Im tiefen Schnee ein stilles Heim*
erschien 1995 bei Achilla Presse, Hamburg–Bremen
Umschlagfoto: Sven Paustian

suhrkamp taschenbuch 3035
Erste Auflage 1999
Originalausgabe
© Suhrkamp Verlag Frankfurt am Main 1999
Suhrkamp Taschenbuch Verlag
Satz: Hümmer GmbH, Waldbüttelbrunn
Druck: Nomos Verlagsgesellschaft, Baden-Baden
Printed in Germany
Umschlag nach Entwürfen von
Willy Fleckhaus und Rolf Staudt

3 4 5 6 – 04 03 02 01 00 99

Keine Ahnung

Keine Ahnung

Keine Ahnung, wie ich das Abitur geschafft habe. Ich hätte für die Prüfungen lernen müssen, tat es aber nicht. Ich fürchtete mich vor der Entscheidung, die danach unausweichlich kommen mußte – der Entscheidung, was ich denn nun machen sollte. Mein Vater sagte Zukunft und meinte Rente. Mir war das Sein schon zuviel, ich wollte nicht auch noch etwas werden.

Meine Eltern hatten eine Apotheke. Auch im Keller ihres Hauses stapelten die Medikamente sich meterhoch. Das Vertrauen, das meine Eltern in die Heilwirkung sämtlicher pharmazeutischer Produkte setzten, war berufsbedingt groß. Sie kurierten ihre eigenen Erkrankungen und die ihrer Töchter grundsätzlich selbst und versuchten, meine Prüfungsleistung mit der Gabe von »Vita-Buerlezithin« zu steigern. Ich trank widerstandslos mein tägliches phosphorreiches Lezithin-Glas, schluckte aber gleichzeitig Schlaf- und Beruhigungsmittel wie jemand, der sowieso bald stirbt und der sich bloß noch über die finalen Schmerzen hinweghilft. Wochenlang dämmerte ich dahin, ohne etwas anderes zu mir zu nehmen als Vita-Buerlezithin, die Tabletten und das Wasser, mit dem ich sie herunterspülte. Meine Mutter war es, die mich zu den Abiturprüfungen wachrüttelte; manchmal wachte ich durch einen geheimnisvollen Mechanismus des Unterbewußtseins auch von selber rechtzeitig auf. »Wieso schläfst du eigentlich immer«, fragte meine Mutter, aber ich hatte schon früher keine Antworten gegeben. »Was hältst du davon, wenn du zu deiner Schwester ziehst«, sagte mein Vater. Er hatte eine Wohnung in der Nähe seines Hauses gekauft. Als Altersversorgung. Er vermietete sie nicht, sondern ließ meine Schwester darin wohnen, solange sie noch Medizin studierte. Ich wachte kurz auf, stopfte eine

Reisetasche mit Beruhigungs-, Schlaf- und Aufputschmitteln voll und zog zu meiner Schwester.

In derselben Woche starteten die Amerikaner eine Rakete, die einen bemannten Satelliten in seine Erd-Umlaufbahn brachte. Die Zeitungen waren voll davon, und die Nachrichtensendungen zeigten kaum etwas anderes. Sogar ich bekam den Start mit. Dröhnende Triebwerke. Flammen schlugen aus den Düsen. Das Dröhnen schwoll an, und die schlanke, gigantische Mehrstufen-Rakete hob vom Boden ab, zögerte, verharrte vibrierend wenige Meter über der Erde, und dann – wie nach einer plötzlichen Entscheidung – schoß sie in den Himmel.

Meine Schwester war nicht gerade begeistert, als ich zu ihr zog. »O Gott«, schrie sie, »es ist widerlich. Du bist widerlich. Ich habe hier so wunderbar leben können, und jetzt kommst du. Bloß, weil die Eltern nicht mehr ertragen können, daß du drogensüchtig bist. Bloß, weil sie das Elend nicht in ihrem eigenen Haus haben wollen. Jetzt soll ich mich damit herumschlagen.« Die Wohnung bestand aus Küche, Bad, einem kleinen Zimmer, aus dessen Fenster man auf einen Parkplatz sah, und aus einem großen Balkonzimmer mit zwei Ebenen, dessen Außenwände ganz aus Glas waren und das auf einen Park hinaus lag. Es machte meine Schwester völlig krank, daß sie nicht alles für sich allein behalten konnte. Ich verstand das. Es tat mir leid, daß ich ihr dermaßen auf die Nerven fiel. Aber ich wußte nicht, wo ich sonst hätte hingehen sollen. Und außerdem nahm ich ihre Wut nur im Halbschlaf wahr. Mein Vater rief an: »Überleg dir endlich, was du studieren willst.« Ich sah auf die Autos unter meinem Fenster. Am Morgen fuhren sie fort, und am Abend kehrten sie zurück. Immer stellten sie sich auf genau denselben Platz, von dem sie am Morgen gestartet waren. Ich dachte, ich sollte etwas in meinem Leben verändern, also rührte ich die Tranquilizer und Schlaftabletten nicht mehr an und nahm statt dessen Aufputschmittel. Das brachte mich in einen ganz anderen Aggregatzustand. Jetzt zuckte ich nervös mit den Augenlidern, zappelte hektisch herum, zerbrach Tassen und verschüttete Flüssigkeiten. »Wenn du nur die allergeringste Ahnung hättest, wie sehr ich dich hasse«, sagte meine Schwester. Ich schlief fast überhaupt nicht mehr. Die einzige Möglichkeit, die Wirkung der Ephedrintabletten zu ertragen, war, die ganze Nacht durchzutanzen. Jeden Abend steckte ich mir ein Tablettenröhrchen in die Tasche und zog los. Die Diskothek hieß Sitrone. Die Sitrone war ein Ort, an dem ich lieber unglücklich war als an allen anderen Orten. Sie war ganz nah, und ich fuhr immer mit dem Fahrrad hin. Wenn ich in die Sitrone hineinkam, knüllte ich meine Jacke sofort in irgendeine Ecke, stieg die drei Stufen zur Tanzfläche hoch, stellte mich vor die Spiegelwand und begann, mit mir selbst zu tanzen. Alle machten das so, standen aufgereiht nebeneinander vor dem Spiegel und tanzten sich selber an. Keiner lächelte, jeder betrachtete sein Spiegelbild ganz ernst, und es war völlig offen, ob man sich leiden mochte oder ob man sich ganz abscheulich fand. Natürlich gab es immer wieder langweilige Dummköpfe, die das nicht verstanden und peinlich fanden und sich darüber lustig machten. Dirk Ziegler zum Beispiel, ein Junge aus meiner Klasse, der auch oft in die Sitrone kam. Er tanzte immer demonstrativ mit dem Rücken zum Spiegel. Außerdem hatte er Schwierigkeiten, seine Bewegungen zu koordinieren. Andere Leute, die nicht tanzen konnten, bewegten sich unauffällig, wippten bloß ein bißchen auf der Stelle herum. Dirk Ziegler war finster entschlossen, Ausdruck in seinen Tanz zu legen und Raum einzunehmen. Es sah aus, als würde er an einem Angelhaken hängen und um sein Leben kämpfen.

Die letzten Schulprüfungen gingen vorbei. Einmal schrieb ich irgend etwas, einmal gab ich ein leeres Blatt ab, und einmal schrieb ich über die Stille in einem Rechteck. Das war in Physik, aber auch nicht richtig. Trotzdem bekam ich mein

Abitur. Mir war das inzwischen egal. Das Jahr war 1981. Das war mir auch egal. Zur Abiturfeier ging ich nicht hin. Ich fuhr statt dessen zur Sitrone. Vor der Tür traf ich ein Mädchen, das Regine hieß, und zwei Jungen, deren Namen ich nicht kannte. Wir setzten uns in Regines Auto, einen Käfer, der auf dem Parkplatz hinter der Diskothek stand, rauchten und tauschten Tabletten. Ich hatte bereits auf dem Hinweg etwas genommen, konnte nicht stillsitzen und brannte ein Loch in den Autositz vor mir. Ich gab den Joint an den Jungen, der neben mir saß, weiter. Er zog lange den Rauch ein, hielt ihn tief in den Lungen, und während er ihn langsam aus den Nüstern wieder herausquellen ließ, verdrehte er die Augen und sackte in sich zusammen. Sein Kopf fiel nach hinten und rollte auf der Hutablage hin und her. Ich fing an zu stänkern. »Mann«, pöbelte ich ihn an, »was ist denn das für eine Nummer, die du hier abziehst. Du willst doch nicht behaupten, daß du von diesem miesen Zeug auch nur das geringste spürst?«

»Er hat ja auch eben schon 'ne Cap genommen«, sagte der andere Junge.

Er holte eine Packung Captagon aus der Tasche und reichte sie mir.

Ich drückte alle acht Tabletten aus der Folie und schluckte sie trocken herunter. »Ich merke überhaupt nichts«, sagte ich, »ich brauche mehr. Hat keiner von euch mehr Caps dabei?«

»Tu das nicht, das hältst du nicht aus«, sagte Regine. Aber ich wußte, daß ich alles aushalten konnte. Das war meine Stärke. Mir war noch nie irgend etwas Entscheidendes in meinem Leben gelungen, aber aushalten konnte ich alles. Die beiden Jungen gaben mir die sechs Captagon und zwei Schlaftabletten, die sie noch dabeihatten. Sie wollten sehen, was passiert, ob ich einen Herzinfarkt bekommen oder völlig durchdrehen würde. »Ich merk' überhaupt nichts«, sagte ich, »tut mir leid, aber ich merke gar nichts.« Ich fixierte den

Jungen mit den glasigen Augen, der von der einen Captagon und dem Joint so hinüber war. »Vielleicht hast du ja gerade die eine erwischt, die den ganzen Stoff aufgesogen hat«, höhnte ich. Das Sonderbare war, daß ich zunächst tatsächlich nichts merkte. Ich redete natürlich ziemlich schnell und ziemlich viel, und an Schlafen war in den nächsten zwanzig Stunden auch nicht zu denken, aber so ging es mir ja regelmäßig. Die Nacht über hielt ich mich jedenfalls ganz gut. Als ich so gegen drei Uhr morgens nach Hause fuhr, fiel ich mit dem Fahrrad in eine Hecke, konnte mich aber selbst wieder aufrichten. Im Badezimmer fiel ich zum zweitenmal hin. Dabei riß ich die Zahnpasta und den Nagellack und die Lippenstifte und Cremedosen meiner Schwester von der Ablage und verstreute den Inhalt einer Tamponschachtel auf dem Fußboden. Meine Schwester wachte auf und kam im Nachthemd angeschlurft. Sie starrte mich an. Pupillen wie Revolverläufe. Ich lag immer noch auf den Fliesen. Sie sagte: »Ich hasse dich. Es ist unglaublich, was die Eltern mir zumuten. Das räumst du auf. Das räumst du alles auf. Such dir eine Absteige, wo so etwas wie du wohnen kann, und hau endlich ab!« Sie weinte. Ich war ein bißchen bestürzt, versuchte, mich mit einer Hand am Türgriff hochzuziehen, gab es wieder auf, blieb auf den Knien, schabte die Dosen und Tampons zusammen und schaufelte sie ins Waschbecken.

»Sieh zu«, sagte ich, »daß dein Arschlochfreund nicht immer mein Handtuch nimmt. Ich weiß, daß du es ihm gibst. Aber damit ekelst du mich doch nicht raus.« Meine Schwester ging in ihr Zimmer zurück. Ich legte mich wieder auf den Boden, spürte die kühlen Fliesen an meiner Wange. Es war angenehm, so zu liegen, auch wenn ich wußte, daß ich noch mindestens fünfzehn Stunden warten mußte, bis ich wieder schlafen konnte.

Meine Schwester mochte mich nicht, aber sie besorgte mir einen Job im Springer-Verlag, wo sie selbst stundenweise arbeitete. Ich hatte zwei- oder dreimal im Monat vor einem

Telefon zu sitzen und Anrufe von *Bild*-Lesern entgegenzunehmen, die glaubten, Gewinner zu sein. Die Bild-Zeitung hatte so etwas wie Bingokarten ausgegeben, Millionen von Pappkarten mit Feldern darauf und verschiedenen Zahlen in den Feldern. Und jeden Tag waren unter der *Bild*-Schlagzeile neue »Glückszahlen« abgedruckt. Wer eine Zahlenreihe voll hatte, bekam ein paar tausend Mark. Die Leser dachten vermutlich, daß die Zahlen jeden Tag neu gezogen würden und daß ihre Chancen gut stünden, wenn ihnen nur noch ein einziges Feld zu einer kompletten Reihe fehlte. Aber wenn ich die Sache richtig begriffen hatte, dann standen die Glückszahlen von Anfang an fest, und wer Gewinner sein würde, entschied sich bereits in dem Moment, in dem jemand bei seinem Zeitungskiosk die richtige Karte aus Millionen von Nieten herauszog. Wir saßen zu viert in einem Raum. Vier Frauen, vier Schreibtische, vier Telefone. Unsere Aufgabe war, die Anrufe entgegenzunehmen und die Spinner, die Wichtigtuer und die Trottel auszusortieren. »*Bild*-Glückszahlen, guten Tag.« Mein erster Anrufer war ein Mann. Er jappte vor Aufregung. »Merkel mein Name. Ich habe die Zahlen«, sagte er. »Ich habe gewonnen. Wo soll ich hinkommen?« »Schön, Herr Merkel«, sagte ich, »dann lesen Sie mir doch bitte Ihre Zahlenreihe vor.« Er las. Seine Stimme zitterte. »Tut mir leid, Herr Merkel«, sagte ich, »aber die erste Zahl ist keine Eins, sondern eine Sieben.« »Eine Sieben?« »Ja, eine Sieben.« »Wieso eine Sieben – bei mir steht aber eine Eins!« »Ja, Herr Merkel, und das bedeutet leider, daß Sie nicht gewonnen haben, auf Wiedersehen. *Bild*-Glückszahlen – guten Tag.« Es war wieder ein Mann. Er versuchte, sich lässig zu geben. »Hm«, sagte er ohne jedes Zeichen von Emotion, »sieht aus, als wenn ich gewonnen hätte.« Ich ließ ihn die Zahlenreihe vorlesen, sie stimmte. Ich ließ ihn die Registriernummer am unteren Kartenrand vorlesen, sie stimmte nicht. Wir kannten die Registriernummern der Gewinnerkarten. »Tut mir leid«, sagte ich, »aber

Sie müssen andere Glückszahlen auf Ihrer Karte haben. Schauen Sie noch einmal genau hin.« Er hängte ein. Eine Frau rief an. Nachdem ich ihr erklärt hatte, daß ihre Zahlen nicht die richtigen waren, entschuldigte sie sich für ihren Irrtum. Es schien ihr mehr auszumachen, daß sie mich ohne Grund behelligt hatte, als daß sie nun ihren Gewinn vergessen konnte. Unablässig klingelten unsere Telefone, und wieder glaubte jemand, gewonnen zu haben, und so gut wie immer irrte er sich. Hatte eine von uns tatsächlich einmal einen echten Gewinner in der Leitung, mußte sie ihn durchstellen. Wir waren bloß für die Verlierer zuständig.

An diesem Abend blieb meine Schwester bei ihrem Freund. Ich ging in ihr Zimmer und sah fern. In den Nachrichten zeigten sie Innenaufnahmen des Satelliten Gemini 18, der immer noch um die Erde kreiste. Einer der beiden Astronauten hatte sich von seinem Sitz gelöst und schwebte hinter seinem Notizblock und seinem Bleistift her, grinste in die Kamera. Der andere hatte sich festgeschnallt und funkte Daten zur Erde. »Befinden: gut. Parameter der Kabine: Druck: 1, Feuchtigkeit: 65 Prozent, Temperatur: 20 Grad, Druck im Geräteraum: 1, in den Orientierungssystemen normal.« Dann sagte er noch etwas über die Aussicht und wie großartig er sich fühlen würde und gleichzeitig ganz klein usw. usf. Und der herumschwebende Astronaut rief auch etwas ins Mikrofon. Es sollte wohl witzig und persönlich und spontan klingen, aber man konnte sofort erkennen, daß sie ihre Bemerkungen auswendig gelernt hatten. Ich nahm ein paar Tabletten, verstruwwelte meine Haare, benutzte einen Lippenstift meiner Schwester und fuhr mit dem Rad zur Sitrone.

Ich kam zu früh an. Bloß die Kinder waren da, die Unter-18jährigen, die ihren Ausweis an der Kasse abgeben mußten. »Es ist zweiundzwanzig Uhr. Alle Gäste unter 18 Jahren werden jetzt gebeten, die Sitrone zu verlassen.« Danach war es so gut wie leer. Vereinzelt sickerten neue, ältere Leute,

Über-Zwanzigjährige herein. Der Gläserschlepper machte seine Runde. Der Gläserschlepper war ein Junge mit strohigen hellblonden Haaren, die aussahen, als würde er sie fünfmal am Tag waschen. Er trug immer ärmellose T-Shirts, weil er sehr muskulöse Arme hatte, und er fuhr einen 200er Mercedes, von dem er die Radkappen abmontiert hatte, damit gleich klar war, daß der Wagen ihm gehörte und nicht etwa seinem Vater. Der Gläserschlepper konnte mich aus irgendeinem Grund nicht ausstehen. Ich mochte ihn. Ich mochte oft die Leute, die mich nicht ausstehen konnten. Ich konnte mich auch nicht leiden, da hatten wir etwas gemeinsam. Der Gläserschlepper sprach mit seinem Freund. Sie sahen zu mir herüber. Sein Freund war ein Junge mit einem hübschen Gesicht und einem sehr schönen Körper. Seine Haare waren zu lang. Er kam zu mir und fragte, ob ich mit ihm nach nebenan in die Pizzeria gehen und einen Kaffee trinken wollte. Das war die übliche Art, wie man in der Sitrone angesprochen wurde. Die Pizzeria war direkt an die Diskothek gebaut, und sie war leise genug, daß man sich unterhalten konnte. Drei Mädchen bedienten dort. Sie waren sehr schön. Eine von ihnen lispelte ein bißchen, das war die schönste. Wir setzten uns an einen Tisch am Fenster. Er hieß Markus. »Na gut, Markus«, sagte ich, »was hat dir Rollo über mich erzählt?« Er wollte erst nicht raus damit, aber dann sagte er es doch. »Rollo sagt, daß du leicht zu haben bist.« Das gefiel mir. Ich zuckte mit den Schultern.

»Und«, fragte Markus, »stimmt es?«

»Das wollen wir doch hoffen, nicht wahr? Sonst hättest du mich ja ganz umsonst angesprochen.« Er hatte ein Motorrad. Wir fuhren auf seinem Motorrad zu ihm. Markus wohnte in einem Hochhaus. Er war der erste Junge, den ich kennnenlernte, der in einem Hochhaus wohnte. Elfter Stock. Seine Wohnung war sehr klein, und es war seine eigene.

Die meisten Jungen, die mich ansprachen, wohnten noch

bei ihren Eltern, und die lebten meist in einem dieser Vorort-
häuser mit Carport und getöpfertem Namensschild. Darum
mußte ich diese Jungen auch immer zu mir nach Hause mitnehmen, in die Wohnung meiner Schwester. Markus fragte,
ob ich Tabletten dabeihätte. Ich bot ihm eine Ephedrin an.
Er schüttelte den Kopf. Zum Mischen vielleicht, sagte er. Er
zog die Hülle einer Musikkassette aus dem Regal, öffnete sie
und nahm eine Packung Captagon heraus. »Die sind stark«,
sagte er, »nimm lieber erst mal 'ne halbe.« »Vergiß es«, sagte
ich, »gib mir die ganze Packung, und ich merk' nichts. Bei
mir wirkt das Zeug nicht.« Das beeindruckte ihn nicht. Er
zweifelte es noch nicht einmal an. »Hast du schon mal versucht zu spritzen? Wenn du es nicht schluckst, sondern
spritzt, dann merkst du viel direkter was. Wenn du sonst
nichts merkst, solltest du lieber spritzen. Sonst versaust du
dir mit den hohen Dosen bloß die Nieren und den Magen.«
Ich fand die Idee sofort gut. Ich mochte technische Lösun-
gen. Markus holte einen Bunsenbrenner mit Gaspatrone
und einen Löffel aus der Küche und krümelte zwei Caps und
zwei Valium auf den Löffel. Dann ging er in die Toilette,
holte einen Zahnputzbecher voller Wasser, tropfte etwas auf
die Tabletten und brutzelte das ganze über dem Bunsenbrenner, bis das Pulver sich auflöste und die graue Flüssigkeit
karamelbraune Blasen warf. Er band meinen Oberarm mit
einem Halstuch ab. Ich mußte den Löffel halten, und er
nahm eine Spritze, rührte mit der Kanüle um und zog den
flockigen Schlamm auf. Meine Venen waren nicht besonders ausgeprägt. Markus stach zweimal daneben, bevor die
Spritze Blut zog und er mir den Schmodder in die Blutbahn
drücken konnte. »Nichts«, sagte ich unnachgiebig, »ich
merk' überhaupt nichts.«
»Wart ab«, sagte er, »das kommt noch.« Er drückte den
Rest in seine eigene Vene, legte die Spritze zur Seite, löste die
Halstücher von seinem und meinem Arm und beugte sich zu
mir rüber. »Da ist etwas, das du wissen solltest...«, fing ich

an. Ich wollte ihm die übliche Geschichte auftischen, die, die ich immer allen Jungen erzählte, wenn es soweit war, daß sie mich anfassen wollten. Es war eine gute Geschichte, ziemlich hart, mit einer Menge übler Details. Bisher war ich jedesmal damit durchgekommen. Ich erzählte meine Geschichte, und die Jungen ließen mich dann in Ruhe. Wenn ich Glück hatte, zogen sie sich gleich wieder an und fuhren nach Hause, manchmal lagen sie noch bis zum Morgen neben mir und gingen erst dann. Aber diesmal kam ich irgendwie nicht zum Zug. Ich glaube, ich konnte nicht richtig sprechen. Meine Bewegungen und meine Gedanken waren plötzlich unendlich langsam. Vielleicht lag das an dem Krieg, den die Valium mit den Captagon in meinem Hirn führten. Vielleicht war Markus auch bloß so ungeheuer schnell. Jedenfalls war er auf mir und in mir, bevor ich auch nur den zweiten Satz heraushatte. Und danach machte es natürlich nicht mehr besonders viel Sinn, zu Ende zu erzählen. Am nächsten Tag konnte ich mich nicht daran erinnern, wie es gewesen war, aber ich konnte mich ja sowieso an kaum etwas erinnern.

Mein Vater rief an und drohte wieder mit der Zukunft. »Wenn du nicht studieren willst, dann geh ins Arbeitsamt. Laß dich da beraten, was es sonst noch für Berufe gibt.« Ich war in seiner Schuld. Ich lebte in seiner Wohnung, ich lebte von seinem Geld. Doch ich tat nichts von dem, was ich seiner Auffassung nach hätte tun sollen. Ich war jung. Ich hätte Wünsche und Ziele haben sollen. Die Leute erwarten das von einem, wenn man jung ist. Doch für mich war die Zukunft bloß ein Feind mehr, der es auf mich abgesehen hatte.

Ich ging ins Arbeitsamt. Dort war ein kleiner runder Raum voller Prospekte, die konnte man sich aus Fächern an der Wand ziehen und mitnehmen. Es gab mehr Berufe als Möglichkeiten, sich umzubringen. Ich griff wahllos einige Prospekte heraus und steckte sie ein.

Dann ging ich zum Bahnhof zurück. Auf dem Bahnsteig stopfte ich die Prospekte in einen Abfalleimer. Während der Rückfahrt in der S-Bahn las ich die Überschriften auf der Zeitung meines Gegenübers. »Sind es die Steuerdüsen?« las ich, und: »Houston ordnet Abschalten einiger Bordsysteme an.« Dann stieg mein Gegenüber um. Der Mann, der daraufhin seinen Platz einnahm, schlug die *Bild*-Zeitung auf. »Verloren im Weltraum – Kommen sie je zurück?« las ich, darunter die Glückszahlen: 7, 14, 18, 29 und 64.

Zu Hause kochte ich mir zwei Ephedrin und zwei Sedapon in einem Löffel über einer Kerzenflamme und zog die graue Suppe mit der Einmalspritze auf, die Markus mir mitgegeben hatte. Sah wirklich übel aus, das Zeug. Ich fand die Vene nicht. Ich bohrte mit der Nadel in meinem Arm herum, ich zog und zog, aber es kam kein Blut, nur so eine wäßrige rosa Flüssigkeit. Ich verlor die Geduld und drückte einfach ab. Zapp, die ganze Grütze in den Arm. Ich wartete. Ich fühlte nichts. Auf meinem linken Arm bildete sich eine Beule. Ich konnte zusehen, wie sie anschwoll, bis sie schließlich so groß wie ein Hühnerei war. Sie saß in der Ellenbeuge, und der Arm ließ sich nicht mehr vollständig anwinkeln. Ich dachte, daß ich nie mehr kurzärmelige Sachen würde anziehen können, und ich war etwas besorgt, daß die Beule einmal in einem unpassenden Moment aufplatzen würde. Doch nach ein paar Stunden hatte ich mich daran gewöhnt und beachtete sie einfach nicht weiter.

Etwa eine Woche danach traf ich Markus in der Sitrone. Ich stand neben den Stufen zur Tanzfläche und wartete darauf, daß Dirk Ziegler endlich von dort verschwinden würde. Solange er mit ausgebreiteten Armen vor der Spiegelwand herumsegelte, wollte ich nicht tanzen. Markus fragte, wann wir wieder einmal miteinander ins Bett gehen würden. Ich sagte, daß ich nie öfter als einmal mit demselben Mann schliefe. »Aber es war doch schön«, sagte Markus. Er mußte es in mein Ohr brüllen, weil die Musik so laut war. »Kann mich nicht erinnern«, brüllte ich zurück. Der Gläserschlepper machte seine Runde, nahm die leeren Biergläser von den Treppenstufen. Er nickte Markus zu und sah an mir vorbei. Ich ging mit Markus nach draußen. Nicht weit hinter der Sitrone lag ein Fluß, der an dieser Stelle von einer Schleuse gestaut wurde. Wir setzten uns an die Schleuse und rauchten. Er fing sofort an, von diesem Plan zu erzählen, den er hatte. Er wollte jemanden überfallen. In der Nähe von seinem Hochhaus war eine Bank. Jeden zweiten Abend, so gegen halb sieben, kam ein alter Mann mit einer Ledertasche und warf drei Geldbomben ein. »Es ist ganz einfach«, sagte Markus, »man muß überhaupt keine Gewalt anwenden. Man muß sich bloß von hinten anschleichen und dann kräftig mit der flachen Hand auf die Geldtasche hauen. Dann läßt er automatisch los.«

»Wie kommst du denn da drauf«, sagte ich.

»Das ist so eine Art Reflex, da kann er gar nicht anders. Wir haben das in der Schule immer gemacht, uns gegenseitig auf die Taschen gehauen. Du läßt automatisch los.« Er sagte, daß er nur noch einen zuverlässigen zweiten Mann dafür brauchen würde. Rollo kam für ihn nicht in Frage. »Der ist zu weich.«

»Ich mach's«, sagte ich. Markus wollte nicht, nicht mit mir. Ich sagte: »Du willst doch gar nicht. Du willst doch bloß quatschen. Maulbizeps! Aber wenn du die Chance kriegst, kneifst du. Du wirst es nie tun.«

Wir besorgten eine billige Faschingsperücke mit dunklen Locken für mich, warfen sie aber gleich wieder weg. Sie war zu auffällig. Ich sah damit aus, als wenn ich eine Bank überfallen wollte. Wir verschmierten das Nummernschild seines Motorrads mit Gips, ich setzte mir eine Sonnenbrille auf, und dann warteten wir auf dem Motorrad hinter einer Häuserecke in der Nähe der Bank. Das mit der Tasche sollte ich übernehmen. Ich hatte in meinem ganzen Leben noch nichts gestohlen. Ich hatte noch nicht einmal einen Kaugummi in

18

einem Supermarkt mitgehen lassen. Mein Herz klopfte, wie es mit vierzehn Captagon nicht geklopft hatte. Ich war froh, daß ich nicht auch noch etwas geschluckt hatte. Wir warteten eine Stunde, und alle zehn Minuten probierte Markus, ob sein Motorrad noch einwandfrei ansprang. Wir warteten noch eine halbe Stunde. Der Opa kam nicht. Ich war ungeheuer erleichtert. Ich nahm die Sonnenbrille ab, und wir fuhren in die Innenstadt. Dort liefen wir durch die Straßen, ohne zu wissen, was wir tun sollten. Irgendwann begann ich, Markus anzuschreien. »Du Null«, schrie ich, »erzähl mir nicht, daß du es machen wolltest, du verdammte Null.« Ich hatte ihn in Verdacht, daß er absichtlich an einem falschen Tag mit mir hingefahren war oder daß es den Opa überhaupt nicht gab. Außerdem schämte ich mich, weil ich so erleichtert war. Keiner von uns erwähnte die Möglichkeit, es noch einmal an einem anderen Tag zu versuchen. Als wir an einem McDonald's vorbeikamen, rannte ich hinein, riß eine der Hydropflanzen mit Topf aus der Eingangsdekoration und schleppte sie auf die Straße. Es war einfach. Niemand verfolgte mich. Ich drückte die Pflanze Markus in den Arm, und wenn er versuchte, sie irgendwo abzustellen, schrie ich ihn an, bis er sie wieder aufhob und weiter hinter mir hertrug. Als nächstes lief ich in ein Chinarestaurant und griff mir eine der Lampen, die auf den Tischen standen. Doch als ich damit hinaus wollte, riß mich das Kabel zurück, an dem die Lampe hing. Ich kroch halb unter den Tisch, um den Stecker aus der Dose zu ziehen, mußte aber feststellen, daß es überhaupt keinen Stecker gab und daß das Kabel einfach in der Holzverkleidung verschwand. Als ich wieder hochkam, starrten sämtliche Kellner und Gäste mich an. Ich riß den roten Schirm von der Lampe herunter und rannte hinaus. Einer der chinesischen Kellner kam zögernd hinter mir her, aber als er Markus draußen mit der Hydropflanze warten sah, blieb er an der Türschwelle stehen. Ich zwang Markus, auch den Lampenschirm zu tragen. Ich wollte irgend etwas beweisen, aber was ich auch tat, es änderte nichts daran, daß wir Feiglinge waren, daß wir Nullen waren, die es nicht gebracht hatten. Am Dammtorbahnhof sagte Markus, daß er jetzt die Schnauze gestrichen voll hätte, und warf Blumentopf und Lampenschirm über den Zaun des Botanischen Gartens. Diesmal schrie ich ihn nicht an. Ich sagte: »Laß uns in den ›Blauen Satelliten‹ gehen.« Der ›Blaue Satellit‹ war eine Diskothek ganz oben im Plaza-Hotel, das wie ein riesiges Rechteck den Dammtorbahnhof und alle anderen Gebäude außer dem Fernsehturm überragte. Ich war dort noch nie gewesen.

»Da sind bloß alte Kerle und Nutten«, sagte Markus.

»Woher willst du das wissen?«

»Weil ich da war. Da sitzen Edel-Nutten und warten darauf, von einem der Kerle angesprochen zu werden. Ich hab's gesehen.«

»Woher willst du wissen, daß es Nutten sind?«

»Weil sie ihre Taschen aufgeklappt neben sich stellen. Die Nutten stellen ihre Taschen neben sich und klappen sie auf. Das ist das Zeichen.«

»Mit Taschen kennst du dich aus, was?« sagte ich.

Als ich am nächsten Tag Telefondienst bei der *Bild*-Zeitung hatte, stellte ich fest, daß es mir Spaß machte, die Illusionen der vermeintlichen Gewinner zu zerstören. »Wie ist Ihre erste Zahl? Drei. Wirklich drei? Nicht vielleicht acht? Sie hätten aber eine Acht haben müssen.« Ich war froh, daß ich mich nicht mit den echten Gewinnern abgeben mußte. Ich hätte einem Gewinner einfach nichts zu sagen gehabt. Ein Redakteur kam herein und fragte die anderen drei Telefonistinnen und mich, ob wir auch nächste Woche Dienst machen könnten, wegen des Satelliten. Ich war die einzige, die nicht wußte, worum es ging. Gemini 18 umkreiste immer noch die Erde. Seine Steuerdüsen waren tatsächlich ausgefallen, aber das bedeutete für die Astronauten keine unmittelbare Gefahr, weil der Kurs des Satelliten von vornherein vorgegeben war. Er beschrieb elliptische Bahnen, die an ihren entferntesten Punkten weit in das Weltall hineinreichten, die sich der Erde aber auch so weit annäherten, daß der Satellit dabei kurzzeitig in die Erdatmosphäre eintrat. Der Widerstand der Atmosphäre bremste ihn dann. Dabei veränderte er seinen Kurs und näherte sich spiralenförmig immer mehr der Erdoberfläche an. Inzwischen war er so weit gesunken, daß er von jenen Orten der Erde, die er in den Dämmerstunden überflog – wenn das schräge Sonnenlicht auf seiner Oberfläche glitzerte – mit bloßen Augen zu beobachten war. Nächste Woche würde er in einer Höhe von etwa 500 km abends über Hamburg zu sehen sein. Die *Bild*-Zeitung wollte für diese Tage eine Hotline einrichten, bei der jeder anrufen konnte, der glaubte, Gemini 18 gesehen zu haben. Die Leute machten sich immer noch Sorgen um die Astronauten. Falls der Satellit nicht im vorausberechneten Winkel oder nicht in der exakt richtigen Lage, mit dem Hitzeschutzschild voran, in die tieferen Schichten der Atmosphäre eintrat, würden die Astronauten den Kurs nicht korrigieren können. Und tauchten sie zu steil ein, mußten sie verglühen. Wahrscheinlich war das allerdings nicht. Ich sagte zu, eines der Telefone zu übernehmen.

Zu Hause in meinem Zimmer lag ein Brief für mich auf dem Tisch. Meine Schwester hatte ihn unter einen Briefbeschwerer gelegt, unter eine riesige hellblaue Beruhigungstablette aus bemaltem Metall, die mein Vater einmal von einem Arzneimittelvertreter als Werbegeschenk bekommen hatte. Auch der Brief war von meinem Vater. Ich ging jedenfalls davon aus. Er hatte nichts geschrieben, nicht einmal einen Absender, sondern bloß einen Zeitungsausschnitt in den Umschlag gesteckt. Das Finanzamt Hamburg bot Ausbildungsplätze zu Steuerinspektoren an. Genau das hatte ich mir immer gewünscht, gleich nach Krebs und Herpes. Das Finanzamt nahm keineswegs jeden. Erst mußte man eine Prüfung bestehen. Ich dachte, ich könnte ja immerhin die Prüfung machen. Vielleicht fiel ich durch. Und wenn ich nicht durchfiel, hieß das noch lange nicht, daß ich deswegen dort anfangen mußte.

Ich hätte gern ferngesehen, etwas über den Satelliten gehört, aber meine Schwester war in ihrem Zimmer, und deswegen konnte ich mich da nicht blicken lassen. Ich mußte mich in meinem eigenen Zimmer herumdrücken, bis es spät genug war, um in die Sitrone zu fahren.

Als ich in die Diskothek kam, spielten sie Iggy Pops Passenger, und die Kinder, die Unter-Achtzehnjährigen, rannten alle noch einmal auf die Tanzfläche, weil sie wußten, daß es ihre letzte Chance zu tanzen war, bevor sie hinausgeworfen wurden. Ich sah Markus und den Gläserschlepper am Tresen stehen. Bei ihnen stand Dirk Ziegler. Ich hatte gar nicht gewußt, daß er die beiden kannte. Als ich hinübersah, starrten sie zurück. Der Gläserschlepper sagte etwas. Dann sagte Dirk Ziegler etwas, und dann starrten sie wieder mich an. Ich mochte das. Ich freute mich immer, wenn sich jemand für mich interessierte. Später kam Markus herüber und erzählte, daß er mit Rollo wahrscheinlich eine Bar aufmachen würde. »Ja, ja«, sagte ich. Alle in der Sitrone erzählten ständig von irgendwelchen Sachen, die sie vorhatten. Sie hingen diesem Aberglauben an, daß man bloß irgend etwas tun müßte, und dann würde alles gleich besser. Aber soweit ich es beobachten konnte, kriegten sie auch nicht mehr auf die Reihe als ich. »Woher kennst du Dirk Ziegler?« fragte ich. Markus grinste. »Ach Ziege«, sagte er. »Als Rollo eben erzählt hat, daß du es mit jedem treibst, wollte Ziege das nicht glauben. Das kann nicht sein, hat er gesagt. Ich kenn' die. Das ist 'ne ganz Brave.«

»So ein Idiot«, sagte ich. Ich ging zu Regine und fragte sie, ob sie mir ihren Käfer leihen würde. »Einfach bloß mal 'ne Runde fahren.«

»Was hast du genommen?«

»Zwei Caps«, sagte ich, »das ist so gut wie nichts.«

Sie gab mir die Autoschlüssel. Ich fuhr zum Plaza. Ich parkte vor dem Bahnhof und stand dann einen Augenblick unschlüssig vor dem Hotel. So wie ich angezogen war, würde ich auffallen. Vielleicht würde ich gar nicht am Portier vorbeikommen. Mein Kleid war aus einem 60er-Jahre-Gardinenstoff und hatte ein wirres, buntes Amöbenmuster. Der Saum war ausgerissen, meine Jeansjacke und meine Turnschuhe waren dreckig, und meine Haare waren völlig zerzaust. Ein Taxi hielt, und ein Mann stieg aus. Als er mich sah, sprach er mich an und fragte, ob ich mit ihm etwas im Blauen Satelliten trinken wollte. Ich hatte mir nicht vorgestellt, daß es so unglaublich einfach sein würde. Ich fragte mich, woran er mich erkannt hatte. Ich trug noch nicht einmal eine Tasche bei mir. An seiner Seite passierte ich Rezeption und Fahrstuhlführer. Stumm fuhren wir in das oberste Stockwerk. Im Satelliten gab es leise Musik, eine kleine Tanzfläche, auf der niemand tanzte, eine Wand ganz aus Glas mit Blick über Hamburg, Männer in Geschäftsanzügen, und es gab auch Frauen, die allein am Tresen saßen. Keine von ihnen hatte ihre Handtasche geöffnet. Wir setzten uns an einen unbequemen Bistrotisch, und der Mann bestellte uns Cocktails. Wir tranken unsere Cocktails. Ich ließ ihn fünf Minuten reden, dann fand ich, daß es an der Zeit war, zum Punkt zu kommen. Regine wollte schließlich irgendwann ihr Auto zurückhaben. Als er sich beim Sprechen zu mir rüberbeugte, weil die Musik lauter wurde, kam ich ihm entgegen, und er traf ganz überrascht auf meinen Mund. Ich ließ mich von ihm küssen, obwohl es vermutlich unprofessionell war. Ich hatte mal gehört, daß Prostituierte sich nicht küssen lassen, weil im Mund die Seele sitzt. Gerade deswegen tat ich es aber. Es war nicht ekelhaft, ihn zu küssen. Es war wie gar nichts. Als ich mich zurückbeugte, sagte ich: »Du bist dir doch darüber im klaren, daß ich das für Geld mache?« Ich glaube, es freute ihn, daß ich so schnell zur Sache kam, daß er nicht länger mit mir herumsitzen und stockend Konversation machen mußte und so tun, als wäre ich ihm sympathisch. »Oh, wirklich?« sagte er. Er schlug vor, in sein Zimmer zu gehen. Wir hatten an der Glaswand gesessen, und als ich aufstand, befand ich mich direkt vor der Scheibe, und es war, als müßte ich nur einen einzigen Schritt tun, um ins Bodenlose zu stürzen. Mir wurde ein bißchen weich in den Knien.

Als wir fünf Stockwerke tiefer aus dem Aufzug stiegen, kam mir der Korridor sehr hell vor. Ich zupfte den Mann am Ärmel seines teuren Jacketts. »Über den Preis sollten wir schon vorher reden«, sagte ich. Ich kann mich nicht mehr an sein Gesicht erinnern. Ich weiß nicht, ob er überhaupt eines hatte. Vermutlich, denn irgendwo mußte er die Zunge, die er mir in den Mund gesteckt hatte, ja aufbewahren. Ich verlangte tausend Mark. »Du bist ja bescheuert«, sagte er. Ich zuckte die Schultern und ging zum Fahrstuhl zurück. Na wunderbar, ich brauchte es mit diesem blöden alten Typen also gar nicht zu machen. Ich konnte in die Sitrone zurückfahren und noch ein bißchen tanzen. Ich würde mich heute von niemandem nach Hause bringen lassen und ganz allein in meinem Bett einschlafen. »Fünfhundert«, sagte er. Ich schüttelte den Kopf. Was wollte er denn noch? Tausend waren ihm zuviel, also war das Geschäft geplatzt. Er sollte mich in Ruhe lassen. »Sechshundert.« Er lief mir hinterher und faßte mich an der Schulter. Er wollte wirklich. Ich dachte daran, wie ich mit Markus auf dem Motorrad gewartet hatte, auf einen Geldboten, der nie kam. »Gut«, sagte ich, »also sechshundert.« Er schloß mir sein Hotelzimmer auf. Ich setzte mich auf die Kante seines Bettes, während er noch einmal hinunter zur Rezeption fuhr, weil er nicht genug Geld dabeihatte. Er hatte kein Licht angeschaltet, und ich auch nicht. Ich saß in der Dunkelheit. Die anderen quatschten immer bloß, aber ich würde es tatsächlich tun. Er kam zurück und machte Licht. Er gab mir das Geld. Ich steckte es ein. Er ging ins Badezimmer. Ich hörte die Dusche platschen. Er seifte und schrubbte sich. Vorher. Das nahm mich für ihn ein. Ich hätte inzwischen einfach abhauen können, aber es wäre nicht genug gewesen, einfach nur das Geld zu nehmen.

Er kam aus dem Badezimmer, nackt, mit einem Handtuch um die Hüften. Es schien mir unendlich schwer, mit diesem Mann ins Bett zu gehen. Es schien mir unmöglich. Aber es war leicht, sich auszuziehen; es war leicht, ins Bad zu gehen und zu duschen; und es war beinahe leicht, es einfach geschehen zu lassen.

Er hatte Schwierigkeiten, in mich einzudringen. Der Mann war gar nicht besonders dick, aber er hatte eine straffe große Trommel von Bauch, und darum mußte er sich zwischen meine Beine knien und meine Hüften zu sich heranziehen. Es war eine lächerliche Position. Ich konnte nicht einfach abschalten und so tun, als wenn ich gar nicht da wäre, wie ich das bei Markus gemacht hatte. Ich fror, und ich mußte die Spannung im Rücken halten, und es tat auch weh. Er kam ziemlich schnell, und sein Mund machte dabei ein kleines, trauriges Geräusch. Dann lag er neben mir. Er atmete tief, und dann fragte er, wie es für mich gewesen war. Er fragte das allen Ernstes. »Okay«, sagte ich. »Prima!« Ich hatte keine Gefühle, die ich mit ihm teilen wollte.

»Dreh dich mal auf den Bauch«, sagte er. »Nein«, antwortete ich. Er schluckte die Weigerung anstandslos. Er drängte nicht einmal. Ich wunderte mich, warum er sich nicht einfach nahm, was er haben wollte. Was hätte ich mich hinterher schon groß beschweren können. Doch er ließ zu, daß ich aufstand, daß ich duschte und mich anzog und aus dem Zimmer ging. Ich fand, er hätte jetzt irgendwie verbittert und desillusioniert aussehen müssen, aber als ich mich an der Tür umdrehte, winkte er mir ganz vergnügt zu, während er mit der anderen Hand schon wieder beschäftigt war. Er mußte zu einer Sorte von Leuten gehören, die so wenig vom Leben erwarteten, daß es fast unmöglich war, sie zu enttäuschen.

Als ich wieder hinter dem Lenkrad des Käfers saß, war nicht viel mehr als eine Stunde vergangen. Ich versuchte mich davon zu überzeugen, daß tatsächlich etwas geschehen war. Ich tastete nach dem Geld in meiner Jacke. Es war da. Auch meine Haare waren noch naß vom Duschen. Und trotzdem war das, was in der letzten Stunde passiert war, nicht so wirklich, wie ich mir das gewünscht hätte. Weder hatte es mich in einen Abgrund gestürzt noch ein Loch in meine Welt gerissen, durch das ich hätte entkommen können. Die Straßen sahen so aus, wie sie auf dem Hinweg ausgesehen hatten, der Käfermotor klang kein bißchen anders. Rote Ampeln. Grüne Ampeln. Sogar ich selbst war mir immer noch ähnlich. Ich wußte immer noch nicht, was einmal aus mir werden sollte. Ich begriff jetzt, daß mir das vermutlich niemals einfallen würde, heute nicht und morgen nicht, und nicht in zehn Jahren.

Auch als ich zurück in der Sitrone war, wollte sich das Gefühl, aussätzig oder irgendwie besonders zu sein, nicht einstellen. Ich hielt nach Regine Ausschau und schob mich durch die Gänge. Es war enorm voll, sogar auf der Tanzfläche, obwohl ein abscheuliches Stück einer französischen New-Wave-Gruppe lief – mit viel zuviel Synthesizer und einem parfümierten Rhythmus. Jemand drängte sich von hinten an mir vorbei. Dirk Ziegler. Er stieß mich fast zu Boden. Mit einem Satz sprang er die Treppenstufen hinauf, mischte sich unter die Tanzenden, riß beide Arme nach oben und drehte sich um sich selbst. Dann sah ich seine Arme verschwinden, Ziegler versank in der wogenden Menge, ich verlor ihn aus den Augen, bis die anderen Tänzer plötzlich zum Rand strebten wie die schweren Teilchen in einer Zentrifuge. Ziegler war hingeflogen. Ein Wunder, daß das nicht schon früher passiert war. Er lag in der Mitte, auf dem Rükken wie ein scheußliches Insekt. Niemand dachte auch nur daran, ihm aufzuhelfen. Er rappelte sich mühsam hoch, stützte sich mit Händen und Knien ab, bis er wieder senkrecht stand. Sein Kopf war rot wie ein Verbotsschild, aber anstatt so schnell wie möglich die Tanzfläche zu verlassen, versuchte er jetzt, sich und allen anderen zu beweisen, daß überhaupt nichts vorgefallen war, und tanzte verbissen weiter. Er hatte viel Platz. Niemand wollte in seiner Nähe tanzen. Zieglers Bewegungen waren wie immer lächerlich. Es war klar zu sehen, wie peinlich und fürchterlich das alles für ihn war. Ein Haufen Leute starrte ihn gnadenlos an. Trotzdem tanzte er das ganze Lied zu Ende.

Am nächsten Tag meldete ich mich für die Prüfung im Finanzamt an. Danach war ich erstaunlicherweise ruhiger. Selbst wenn ich ein paar Captagon genommen hatte, war ich jetzt ruhiger. In beinahe ausgeglichener Gemütsverfassung erledigte ich in der folgenden Woche meinen Telefonjob bei der Satelliten-Hotline. Der Satellit war ungefähr eine Minute lang zu sehen, und zwar kurz vor neun Uhr abends. Bereits um halb acht hatten wir die ersten Anrufer. Die Leute riefen an, einfach bloß, um herauszukrähen, daß sie den Satelliten gesehen hätten. Manche beschrieben ihn auch, und ihren Beschreibungen zufolge hatte die Hälfte von ihnen die im Südwesten leuchtende Venus für den Satelliten gehalten. Die andere Hälfte gab wörtlich wieder, was am Morgen in der *Bild*-Zeitung über die Erscheinung am Himmel gestanden hatte. Die Anrufe, die ich annahm, nachdem der Satellit tatsächlich zu sehen gewesen war, unterschieden sich nicht von den Anrufen, die ich vorher entgegengenommen hatte. Die Leute waren genauso aufgeregt, und sie hatten genauso wenig zu erzählen. Ich hätte nicht sagen können, wer von ihnen den Satelliten real gesehen hatte und wer sich das nur einbildete. Aber eigentlich war das ja auch ziemlich egal. Am besten ist mir ein Mann in Erinnerung geblieben, der sich bereits um halb neun meldete.

»Sie wundern sich sicher, daß ich jetzt schon anrufe«,

sagte er, »aber der Trabant ist schon da. Gerade fliegt er
über meine Wohnung. Die Jungs fliegen zu flach«, sagte er,
»darum sind sie auch viel früher da, als wir das erwartet
haben. Sie fliegen viel zu flach. Sie werden nicht verglühen,
sondern sie werden von der Erdatmosphäre abprallen wie
ein Stein, den man über die Wasseroberfläche springen läßt.
Und dann werden sie auf Nimmerwiedersehen in den Kos-
mos geschleudert.«

»Wie schrecklich«, sagte ich.

»Vermutlich sind die Kosmonauten sowieso schon tot«,
sagte er. »Sie liegen auf ihren Pritschen, aber ich kann nicht
genau erkennen, ob sie schlafen oder ob sie schon tot sind.
Man kann nur hoffen, daß sie bereits tot sind.«

Erstaunlicherweise kann ich mich gar nicht mehr daran
erinnern, ob Gemini 18 damals heil gelandet oder verglüht
oder ins Weltall geschleudert worden ist. Ein Nebeneffekt
meiner neuen Gelassenheit war ein ungewöhnlicher Mangel
an Neugierde. Ich sah nicht fern und las keine Zeitungen, ich
hatte auch keine Lust mehr, tanzen zu gehen, und schließlich
nahm ich nicht einmal mehr Tabletten. Das war kein großer
Entschluß, sondern ich vergaß es eines Tages einfach. Einmal hatte ich geglaubt, das Leben wäre etwas, dem man sich
stellen müßte und gegen das man sich wappnen könnte,
aber das Leben war bloß das Leben, und es gab nichts, das
mich davor bewahren konnte, ich selbst zu sein.

Der Satellit fiel mir erst einige Monate später wieder ein,
als ich mit hundertdreißig jungen Menschen in einem Saal
der Hamburger Finanzdirektion stand und vereidigt wurde.
Gerade erklärte uns jemand, daß wir die Schlußformel »So
wahr mir Gott helfe« auch weglassen dürften. Ich kam mir
vor wie in einem dieser Träume, in denen es immer wirrer
und ärger zugeht, bis man selber merkt, daß man träumt,
und schließlich die Nase voll hat und beschließt, wieder aufzuwachen. Ich mußte mich meines Körpers vergewissern
und spielte mit der Beule an meinem linken Arm, ließ sie

über den Muskeln hin- und herrutschen. Ich rieb mir die Augen, drückte mit den Fingerknöcheln auf meinen geschlossenen Augäpfeln herum, bis ich Sterne sah vor einem roten Firmament. Grüne, gelbe und violette Sterne. Da fielen mir die Astronauten wieder ein, und prompt kam Gemini 18 von rechts oben in meinen roten Himmel eingeschwebt. Er kam sehr steil, möglicherweise *zu* steil. Gemini 18 zog einen gewaltigen Feuerschweif hinter sich her. Vom Hauptkörper stießen Feuerkugeln ab, die wiederum Schweife bildeten, so daß ich plötzlich ein Dutzend fliegender Kometen gleichzeitig sah. Ich gab mir Mühe, mich auf den eigentlichen Satelliten zu konzentrieren, der ein großes bullaugenähnliches Fenster hatte. Ich sah die Astronauten dahinter. Sie lagen auf ihren Pritschen. Aber ich konnte nicht erkennen, ob sie schon tot waren oder ob sie bloß die Augen geschlossen hielten.

Ich stand auf dem betonierten Uferstreifen und schaute auf das schäumende, tosende, sich selbst verschlingende Brüllwasser zu meinen Füßen. Dann legte ich den Kopf in den Nacken und sah die Talsperre hoch. Der Wasserfall stürzte gute fünfzehn, wenn nicht zwanzig Meter herunter. Jetzt schob sich Toms gelbes Kunststoffboot über den Rand der Staumauer. Von hier unten wirkte es erstaunlich klein, wie es da mit seinem Bug über den Abgrund ragte. Tom hob das Doppelpaddel mit beiden Händen über den Kopf, streckte es gegen den Himmel. Er schrie vielleicht, ich konnte nicht hören, ob er schrie, der Wasserfall toste. Das Boot kippte senkrecht ab und fiel. Es fiel und fiel, und dann tauchte es in den spritzenden, brodelnden Schaum und war verschwunden. Ich wartete. Zerstäubtes Wasser wehte mir ins Gesicht. Ich hielt ein Wurfseil in meiner Hand. Für den Notfall. Ich war kein guter Werfer. Das Boot durchbrach einige Meter entfernt die Wasseroberfläche, schoß beinahe senkrecht in die Luft und landete klatschend auf seinem Rumpf. Tom paddelte zu mir ans Ufer. Seine Nase blutete, und er strahlte über das ganze Gesicht. Er war wie eine dieser Zeichentrickfiguren, die selbst aus einer Schrottpresse heil herauskommen. Ständig brachte er sich in Situationen, die aussahen, als könnte kein normaler Mensch sie überleben. Das war seine Vorstellung von Vergnügen. Ich selber hatte vor allem möglichen Angst. Vor Haien und Flugzeugabstürzen. Ich fürchtete mich vor Aids. Ich fürchtete mich davor, daß man mir einmal bei einer Operation nur den Teil des Narkosemittels geben könnte, der einen vollständig lähmt, so daß ich die Schmerzen des Eingriffs alle fühlen müßte, ohne noch imstande zu sein, mich deswegen zu beschweren. Ich fürchtete mich davor, die Miete für den nächsten Monat nicht mehr zusammenzubringen. Ich fürchtete mich davor, eines Tages aufzuwachen und feststellen zu müssen, daß meine Eltern womöglich doch recht gehabt hatten und daß mein ganzes Leben vertan und es längst zu spät war, um noch irgend etwas zu ändern.

»Schade, daß es nicht friert«, sagte Tom. »Wenn es Eis gäbe, könnte ich der erste sein, der die Talsperre bei Eisgang herunterfährt.«

Es hatte bereits geschneit und gefroren in diesem Dezember, aber jetzt, einen Tag vor Heiligabend, war selbst im Harz fast alles wieder geschmolzen. Wir luden das Boot aufs Autodach und fuhren nach Hamburg zurück. Tom besaß ein bösartig aussehendes Auto, einen roten Mercedes voller Spoiler und mit lächerlich breiten Reifen. Er entschuldigte sich immer dafür und sagte, er habe den Mercedes nur deswegen so zugerichtet, weil er als Fotograf halt ein schnelles Auto brauche. Er fuhr irrsinnig schnell. Wenn man Leben als Gefahr und Bewegung definierte, dann lebte er aus vollen Kräften. Die ganze Zeit redete er von *Erstbefahrungen*, redete von den Flüssen auf der Ostseite des Harzes, Wildwasser, die noch keiner bezwungen hatte.

»Jetzt sind Hunderte von Erstbefahrungen drin«, sagte Tom. »Die haben in der DDR doch gar nicht das Bootsmaterial für solche Flüsse. Sowie man ohne Probleme rüber kann, muß ich sofort hin, bevor noch jemand auf die Idee kommt.«

Ich sah nach vorn, wo mir die Welt mit der ungewohnten Geschwindigkeit von 230 km/h entgegenstürzte. Wir holten einen Porsche ein, der ebenfalls die linke Fahrspur benutzte. Tom morste mit der Lichthupe. Der Porsche verlangsamte absichtlich und blieb auf gleicher Höhe mit einem Volvo zu seiner Rechten. Tom riß das Lenkrad ganz nach rechts, ohne die Bremse auch nur anzutippen, und überholte beide Autos auf der Standspur. Rollsplitt prasselte auf die Windschutzscheibe, eine Grassode flog. Ich schrie.

»Nicht schreien«, sagte Tom, während er sich wieder auf die Überholspur einfädelte, »die Toten werden erst am Schluß gezählt.«

Den nächsten Tag, den Heiligen Abend, verbrachte ich bei meinen Eltern. Meine Schwester war auch da, und es dauerte keine Stunde, und sie kam auf das übliche Thema.

»Ist dir eigentlich klar, daß ich zahlen muß, wenn aus dir ein Sozialfall wird?« sagte sie. »Du brauchst bloß einen Unfall zu haben. Das Sozialamt holt sich das Geld von Verwandten ersten Grades zurück.«

»Wenn du wenigstens eine Rentenversicherung hättest«, sagte mein Vater. Sorge war das vorrangige Gefühl, das meine Familie mir gegenüber hegte. Von meinem Leben wußten sie nichts, als wo ich wohnte und daß ich seit ein paar Jahren Taxi fuhr, und wollten sonst auch nichts und nicht das geringste davon wissen. Aber in regelmäßigen Abständen überfiel sie die Panik, daß ich sie eines Tages teuer zu stehen kommen könnte. Ich ging zum Fernseher hinüber und stellte ihn an. Es machte keinen Sinn, meine Familie mit dem ganze Ausmaß meines schäbigen Zustands zu konfrontieren.

Ich arbeitete nicht genug – nicht genug, um das Nötigste bezahlen zu können. Ständig war ich müde. Oft schlief ich während der Arbeitszeit ein, erwachte dann um drei oder vier Uhr morgens hinter dem Lenkrad eines Taxis – mit steifem Hals und zerdrückten Klamotten, und um mich herum nichts als Dunkelheit und Stille und ein leerer Taxistand – und begriff dann mit wachsender Verzweiflung, daß ich auch diese Nacht wieder nicht genug verdient hatte. Ich lieh mir von allen Seiten Geld – nur von meinen Eltern lieh ich mir keines – und wußte nicht, wie ich dieses Geld je zurückzahlen sollte. Ich bemitleidete mich selbst und wagte nicht, zum Sozialamt zu gehen. Ich fürchtete, daß man sich dort tatsächlich an meine Eltern wenden könnte.

Das Fernsehen zeigte Nicolai Ceauşescu, der mit seiner Kopftuch tragenden Ehefrau an einem Tisch saß und diverser Verbrechen angeklagt wurde. Ceauşescu lachte kurz und bitter und tätschelte den Unterarm seiner Frau. Er lachte wie jemand, der sich nichts vorzuwerfen hatte. Wie jemand, dem Unrecht geschah. Es gab einen harten Filmschnitt, und im nächsten Bild waren er und seine Frau schon erschossen.

Das Telefon klingelte.

»Für dich«, sagte meine Mutter. Es war Thies.

»Du hast gesagt, daß du vorbeikommst, und jetzt meldest du dich nicht einmal«, sagte Thies. Ich hatte ihn völlig vergessen. Er war jemand, den man leicht vergessen konnte. Zu dem Klassentreffen, das vor drei Jahren stattgefunden hatte, war er auch nicht eingeladen worden. Vielleicht lag das bloß daran, daß er bereits nach der zehnten Klasse abgegangen war, aber als ich nach ihm fragte, konnten sich die anderen nicht einmal erinnern, daß es ihn je gab.

»Was für ein Thies?«

Daß ich mich an ihn erinnern konnte, lag vermutlich auch bloß daran, daß ich von ihm einmal schwanger gewesen war.

»Wieso rufst du einfach bei meinen Eltern an«, sagte ich. »Es ist Weihnachten. Du störst.«

»Du mußt herkommen«, sagte er. »Heute. Du bist mir einige Erklärungen schuldig. Die bist du mir schuldig.«

Damit kam er jedes Jahr einmal an. Rief mich an und behauptete, irgend etwas klären zu wollen. Wenn ich dann bei ihm war, überschüttete er mich mit Vorwürfen, und dann gingen wir miteinander ins Bett. Geklärt wurde eigentlich nie etwas.

»Gut«, sagte ich, »ich komme mit dem letzten Bus.«

»Wer ist Thies?« fragte meine Mutter.

»Thies Vogelsang.«

»Thies Vogelsang? Der Sohn von Vogelsangs? Der das Motorrad hatte?«

»Das war sein Bruder Andreas.«

»Andreas Vogelsang hatte einen Bruder?«

Er war wirklich sehr unscheinbar. Einmal hatte ich mitangesehen, wie auf der Straße ein Hund in ihn hineinlief, als würde er gar nicht existieren.

Thies wohnte in einem Mietshaus voller Rentner. Ein einziges Zimmer. Klein, kahl und muffig. Es gab nicht einmal einen Kühlschrank. An den Wänden hingen langweilige Drucke von allzu bekannten Impressionisten. Auf einer Kommode standen Fotos von mir, auf denen ich mir nur noch entfernt ähnlich sah. Thies war noch bleicher und aufgeschwemmter als das letzte Mal, seine Haare sahen fettig aus. Er trug eine Bundfaltenjeans und ein pflaumenfarbenes Seidenhemd. Die ganze Zeit zuckte er mit den Augenlidern und trommelte mit den Fingern irgendwo gegen. Das ging mir höllisch auf die Nerven. Thies hatte die Schule abgebrochen, dann eine Lehre als Buchhändler angefangen und die Lehre gleich wieder abgebrochen. Seitdem lebte er von der Sozialhilfe. Man konnte nur hoffen, daß seine Eltern arm genug waren, daß sie es nicht zurückzahlen mußten.

»Ich finde, du schuldest mir etwas«, sagte Thies wieder. Ich sah, wie nötig er es hatte, berührt zu werden. Aber es war einfach nicht möglich, ihn auszuhalten, wenn man am Tag zuvor mit Tom zusammengewesen war. Tom war nicht unbedingt sympathisch. Er war rücksichtslos, vielleicht auch ein bißchen dumm, und er hatte ein Gewissen, das ihm grundsätzlich alles verzieh, aber jedenfalls konnte kein Zweifel daran bestehen, daß er lebte. Thies war wie ein Schatten, wie eine unansehnliche Pflanze, eine Schote oder so etwas, oder wie ein Stein. Ich verstand nicht mehr, wie ich ihn je hatte berühren können.

»Hör mal«, sagte ich, »die ganze Geschichte ist jetzt zehn Jahre her. Außerdem verwechselst du da was. Ich schulde dir nämlich gar nichts. ICH habe die Abtreibung ganz allein machen müssen. DU hast dich gar nicht mehr gemeldet. DU hast ja nicht einmal Geld dazugelegt. Du schuldest MIR etwas!«

Er fing an zu schreien. In letzter Zeit fingen die Leute immer an zu schreien.

»Du hast gesagt: Mach dir keine Sorgen, ich bring dein verdammtes Kind um«, schrie er. »Wörtlich hast du das gesagt. Du hast gesagt, dir wird schon bei dem Gedanken schlecht, mein Kind im Bauch zu haben. Du hast gesagt, ich soll dich nie mehr anrufen.«

Das stimmte. Trotzdem hatte ich mich gewundert, als er sich daran hielt und tatsächlich nicht mehr anrief. Das hätte ihn doch interessieren müssen, ob er demnächst mit Unterhaltszahlungen zu rechnen hatte oder nicht.

»Ich dachte ja auch eigentlich, du wärst gar nicht schwanger«, sagte er. Er machte einen halbherzigen Versuch, mich zu berühren, wagte es nicht und ging statt dessen zu seinem Bett und zog einen Stapel Aquarellbilder darunter hervor. Das Bett war schmal und offensichtlich nur für eine Person geeignet. So hoffnungslos konnte man doch eigentlich gar nicht sein. Thies reichte mir die Bilder. Sie waren größtenteils abstrakt. Auf den wenigen halbwegs gegenständlichen Bildern waren riesige Frauen zu sehen. Ich fragte, ob ich das sein sollte.

»Nein! Wieso denkst du, daß sich immer alles um dich drehen muß? Das bist nicht du! Wieso kannst du dir nicht einfach die Bilder ansehen? Bist du dafür zu dämlich?«

»Schon gut«, sagte ich, »ich will sowieso gerade gehen.«

Ich stand auf. Thies stand auch auf. »Ich liebe dich«, sagte er. Vermutlich stimmte das sogar. Ich nahm es nicht persönlich. Ich wußte, daß er keine Frau vor mir gehabt hatte, und ich ging davon aus, daß er auch inzwischen keine andere gehabt hatte. Er versuchte, mich zu küssen. Ich drehte den Kopf weg und lachte. Manchmal passierte mir das, daß ich lachen mußte, wenn gerade jemand beerdigt wurde oder einer sagte, daß er mich liebte. Thies holte aus und schlug mir die flache Hand ins Gesicht. Ich war völlig überrascht. Normalerweise traute er sich ja kaum, mich anzufassen. Einige Sekunden starrte er mich triumphierend an. Er sah aus, als wolle er gleich noch einmal zuschlagen. Doch dann zuckte es um seine Augen, sein Gesicht bekam einen weinerlichen Ausdruck, und dann brach er völlig zusammen.

»Es tut mir leid«, heulte er. Er brachte nie etwas zu Ende. Das war sein Unglück. Ich wandte mich ab, ging hinaus und schloß die Wohnungstür hinter mir. Gleich fühlte ich mich besser.

In den Tagen nach Silvester bekam ich mehrere Briefe, in denen stets nur ein einziger Satz stand. *Du wirst erblinden und im Rollstuhl enden.* Oder: *Du wirst an Aids krepieren.* Die Briefe waren von Thies. Er hatte seinen Absender auf die Umschläge geschrieben. Sah aus, als wäre er jetzt völlig verrückt geworden. Kein Wunder. Niemand sprach mit ihm, und niemand erinnerte sich an ihn. Wie sollte er da wissen, ob er überhaupt existierte.

Ich heftetete die Briefe in einem Leitz-Ordner ab, und wenn mir danach war, mit jemandem zu schlafen, der nicht bloß so tat, als ob er lebte, fuhr ich zu Tom. Ich setzte mich gern auf seinen Bauch und streichelte seine Schultern, die Arme und die Rippen entlang. Er war muskulös und gleichzeitig ein ganz klein wenig fett. Man konnte sehen, daß er seine Muskeln nicht auf der Hantelbank bekommen hatte. Sie waren einfach so nebenbei gewachsen, während er eine Heldentat nach der anderen vollbrachte. Tom hatte sehr weiche Lippen für solch einen harten Mann, und wenn er sie öffnete, entstand zwischen ihnen ein schwarzer Spalt, der bis hinunter zu seinem egoistischen Fotografenherzen reichte. Während er mein Hemd aufknöpfte, sagte er manchmal: »Ich liebe dich.« Das tat er nicht, und ich erwartete es auch nicht. Weswegen hätte er mich lieben sollen? Wenn wir miteinander schliefen, klingelte irgendwann das Telefon, und der Anrufbeantworter sprang an, und eine Frauenstimme sagte, wie schön sie es das letzte Mal gefunden habe oder daß sie sich mit Tom verabreden wolle.

»Da ist nichts«, sagte Tom dann, »die läuft mir schon die ganze Zeit hinterher.«

»Hör auf«, sagte ich einmal. »Es ist mir egal, mit wem du alles schläfst, aber hör mit diesen dummen Lügen auf.«

»Aber wenn da doch wirklich nichts ist. Was kann ich dafür, wenn die aufdringliche Kuh hier anruft. Warum vertraust du mir nicht? Du hast mir nie vertraut.«

Ich zog mich an. Tom deprimierte mich ebenfalls, wenn auch auf andere Weise als Thies. Eigentlich ging mir das mit den meisten Leuten so. Vielleicht verstand ich sie auch bloß nicht. Und dann fingen sie immer an zu schreien.

»Du machst alles kaputt«, schrie Tom. »Alles machst du kaputt. Es könnte so schön sein. Aber du willst ja gar nicht. Du willst ja bloß kaputtmachen.« Er fing an zu heulen. In letzter Zeit fingen die Leute nicht nur dauernd an zu schreien, sie heulten auch ständig.

»Bleib«, heulte er. Ich zog mich wieder aus.

»Vertrau mir endlich! Ich will, daß du mir vertraust«, sagte er.

Am nächsten Morgen klingelte wieder das Telefon, und diesmal ging Tom ran.

»Natürlich«, sagte er in den Hörer, »komm her. Klar freu' ich mich.« Er legte auf und preßte sich wieder an mich. »Das war die Frau von diesem *ZEIT*-Redakteur, den wir neulich getroffen haben. Ich habe mal was mit ihr gehabt, und jetzt denkt sie, sie kann mal eben hier vorbeikommen und sich von mir bumsen lassen. Die wird sich wundern, wenn sie dich sieht.«

Ich stand auf und suchte meine Kleider zusammen.

»Wo willst du hin?« fragte Tom. »Du brauchst nicht zu gehen. Die soll ruhig sehen, daß ich was mit dir hab'.«

Ich zog den Reißverschluß meiner Hose hoch und setzte mich auf die Bettkante, angelte nach meinen Stiefeln. Tom packte mein Handgelenk und hielt mich fest.

»Du bleibst! Ich mache das bloß für dich, damit du siehst, daß ich zu dir stehe. Und hinterher bumsen wir.«

»Also echt ...«, sagte ich, schüttelte seine Hand ab und stand auf. Ich war schon wieder so müde. Jetzt schon. Dabei sollte ich diese Nacht noch Taxi fahren.

»Du machst alles kaputt«, schrie Tom mir ins Treppenhaus hinterher.

Als ich dann schließlich im Taxi saß, lief das Geschäft furchtbar schleppend, und gegen zehn stieg auch noch ein Mann in einem schweren, schmutzigen Dufflecoat ein und fragte mich mindestens fünfmal, warum ich Taxifahrerin sei.

»Macht mir Spaß«, sagte ich. »Finde ich toll. Ich wollte schon als Kind Taxi fahren.«

»Das glaube ich nicht. Warum sagst du nicht die Wahrheit? Du erlebst doch bestimmt unangenehme Sachen.«

»Nein, nie. Taxifahren ist immer schön.«

Er wurde richtig wütend. Ich konnte das im Rückspiegel beobachten.

»Du und ich«, sagte er, »wir wissen beide, daß du Taxifahrer bist, weil du es nicht besser verdienst.«

»Ja«, sagte ich, »an die Möglichkeit habe ich auch schon gedacht.«

Der Mann bezahlte und stieg wieder aus. Danach stellte ich mich an der Taxi-Warteschlange am Hauptbahnhof an, schlief sofort ein und wachte erst auf, als die Taxifahrer hinter mir wie die Bekloppten auf ihre Hupen drückten.

Thies schrieb weiterhin Briefe. Erst malte er sich verschiedene Todesarten und Krankheiten für mich aus, dann schrieb er: »Gib endlich zu, daß du scharf auf mich bist.«

Seinen nächsten Brief schickte ich ihm ungeöffnet zurück. Kurz darauf rief er an. Es war gegen drei Uhr morgens. Er meldete sich nicht, aber ich erkannte ihn sofort an seinem verzweifelten Schweigen.

»Thies!« sagte ich böse.

»Manche Leute sind nie da, wenn man sie braucht«, sagte er. Er war betrunken.

»Manche Leute schreiben merkwürdige Briefe«, sagte ich.

Thies sagte, daß er sich umbringen wollte. Er hatte sich auch die Nächte zuvor schon umbringen wollen, aber jedesmal, wenn er versucht hatte, mich anzurufen, war ich nicht zu Hause gewesen. Und er wollte es nicht tun, ohne daß ich davon wußte.

»Ich denke, ich hänge mich jetzt auf«, sagte er. »Doch, ich glaube, das werde ich machen.« Er klang wie der einsamste betrunkene Mensch auf der Welt. Ich sah ihn vor mir, wie er da auf seinem schmalen Bett saß, den Hörer am Ohr, die Stirn in die Hand gestützt. An seiner Stelle hätte ich mich schon längst umgebracht.

»Tu's nicht«, sagte ich, »es ist völlig unnötig. In spätestens fünfzig Jahren stirbst du von ganz allein.«

Ich hörte ihn schluchzen. Ich versuchte nett zu ihm zu sein, aber ich konnte nichts anderes antworten, als daß ich ihn nicht wollte. Und wie immer ich es formulierte, es kam kein fröhlicher Satz dabei heraus.

»Dir ging es doch schon schlecht, bevor du mich kanntest«, sagte ich. »Dir ging es doch schon schlecht, bevor du sprechen konntest. Ich werde auf gar keinen Fall mit dir schlafen.«

Er hängte ein.

Fortan kamen keine Briefe mehr. Ich wurde immer müder. Manchmal saß ich stundenlang einfach nur da und starrte vor mich hin, ohne etwas zu sehen und ohne auch nur zu denken. Im Februar rief ich Tom an und sagte ihm, daß ich ihn nicht mehr treffen wollte.

»Wenn ich dich treffe, habe ich zu oft das Gefühl, eine lächerliche Figur zu sein«, sagte ich und fühlte mich schon wieder lächerlich.

»So etwas lass' ich mir nicht am Telefon sagen«, antwortete er. »Das sagst du mir gefälligst ins Gesicht.«

Er schlug vor, daß wir uns in der Bar Centrale treffen sollten. Ich wartete dort zwei Stunden. Er kam nicht. Als ich ihn noch einmal anrief, hob er nicht ab. Er blieb mehrere Wochen lang verschwunden.

Im März tauchte er dann plötzlich wieder bei mir auf. Er war dünn und braungebrannt und kam gerade aus dem Himalaja zurück. Er sagte, daß ich für ihn als Fotoassistentin arbeiten sollte.

»Dann mußt du auch nicht mehr Taxi fahren.«

Ich hielt das für keine gute Idee.

»Aber du brauchst doch das Geld«, sagte er. »Ich weiß, daß du Geld brauchst.«

»So dringend nun auch wieder nicht.«

»Und was ist mit deinen Schulden bei mir. Findest du das fair, daß du dir von mir Geld leihst und dann einen guten Job ausschlägst? Bei mir kriegst du viel mehr, als du sonst verdienst.«

Er gab mir einen Vorschuß.

So kam es, daß ich an einem kühlen grauen Märzmorgen mit Tom nach Berlin fuhr. Er hatte verschlafen, wir waren spät dran. Tom fuhr noch wahnsinniger und schneller als sonst und parkte direkt vor der Bretterwand, mit der das Brandenburger Tor weiträumig eingezäunt war, dort, wo ein Soldat mit einem Maschinengewehr einen schmalen Durchschlupf bewachte. Der Soldat wollte uns nicht vorbeilassen und zeigte auf den offiziellen Grenzübergang.

»Natürlich dürfen wir hier durch«, brüllte Tom und drängelte einfach vorbei. »Fragen Sie gefälligst Ihre Vorgesetzten!«

Ich drängelte mit den Foto-Taschen hinterher. Ich ging davon aus, daß der Schießbefehl an der Grenze inzwischen aufgehoben war, wenn ich mir auch nicht ganz sicher war, ob das ebenfalls für gewaltsames Eindringen *in* die DDR galt. Neben einem Kran stand bereits die Nike, die Siegesgöttin aus der Quadriga, auf dem Boden. Wir hetzten die Baugerüste hinauf, mit denen das Brandenburger Tor verkleidet war – doppelt, weil die beiden Baufirmen sich nicht hatten einigen können, wessen Name an diesem Tag in allen Nachrichtensendungen zu sehen sein durfte. Und dann standen wir oben zwischen lauter Männern, denen jeweils zwei oder mehr Kameras wie zusätzliche Sinnesorgane um den Hals hingen. Tom fotografierte, wie die Arbeiter eines der grün verschimmelten Riesenpferde verschnürten und an den Haken eines Krans hängten. Ich stand mit seinen Taschen neben ihm und kam mir erbärmlich vor. Als das Pferd am Reichstag vorbeischwebte, drückten auch die anderen Fotografen pflichtschuldig auf die Auslöser. Aber das entscheidende Foto – die schwebende Nike mit Reichstag und Deutschlandfahne im Hintergrund, jenes Foto, das später von sämtlichen Redaktionen der Welt unweigerlich ausgewählt werden würde – war längst gemacht. Nur Tom besaß es nicht. Er fluchte und spuckte und flüsterte mir zu, daß er versuchen müßte, dieses Bild von einem der Fotografen zu kaufen, daß er es aber wahrscheinlich nicht bekommen würde.

»Würde ich für einen, der zu spät kommt, auch nicht herausrücken – nee, warum denn?«

Tom bekam sein Foto natürlich doch. Er bekam immer, was er wollte. Später, als wir das Baugerüst wieder heruntergeklettert waren, schob er einen Fünfzigmarkschein ins Füh-

rerhaus des Krans. Und als die Nike dann auf den Spezial-
transporter verladen wurde, zog der Kranführer sie erstaunlich hoch und schwenkte sie noch einmal an Reichstag und
Flagge vorbei.

Es dauerte lange, bis alle Seile und Gurte an der Siegesgöttin befestigt waren. Wir warteten und langweilten uns gemeinsam mit den anderen Fotografen. Ein alter Mann in
einem schwarzen Anorak holte Stangen aus dem Kofferraum seines BMW, baute sich ein Gestell auf, das wie der
Turm eines Tennisschiedsrichters aussah, kletterte hinauf
und machte von dort oben ein paar Fotos. Danach blieb er
reglos auf seinem Turm hocken und starrte mürrisch vor
sich hin. Erst als ein paar Leute in schmalen blauen Mänteln
und mit gelben Schutzhelmen auf dem Platz erschienen,
wurde er wieder lebendig.

»Du da«, schrie er und zeigte mit dem Finger auf einen der
Männer. »Du da! Du warst doch auch bei der Stasi. Wir
erwischen euch noch! Wir erwischen euch alle!«

Es wurde totenstill. Der verdächtigte Ingenieur nahm seinen Helm ab, strich sich durch die Haare und blickte ratlos
zu dem schreienden alten Fotografen hoch. Mitten durch die
angespannte Stille ging Tom zu dem Turm hinüber.

»He«, rief er hinauf, »was bist du denn für einer?«

Er rüttelte an den Stangen des Gestells, und der alte Fotograf mußte sich festhalten und beschimpfte nun Tom. Alle
Herumstehenden lachten erleichtert, die Männer mit den
gelben Helmen setzten ihren Weg fort, und Tom kam zu mir
zurückgeschlendert.

»Ich kenne das dumme Schwein«, sagte er verlegen.
»Kannst dir ja vorstellen, von welcher Zeitung der ist.«

Er wich meinem Blick aus und tat, als müßte er einen Film
wechseln. Bei jeder Gelegenheit gab Tom an wie eine Horde
Schimpansen. Bloß wenn ihm tatsächlich mal etwas Gutes
gelang, war ihm das unangenehm. Die Kamera klemmte.

»Los, mach's Maul auf«, sagte Tom und schlug auf das

Gehäuse. Und auf einmal war es mir viel weniger peinlich, daß ich mit ihm nach Berlin gefahren war und seine Taschen schleppte.

Zwei Tage später stand Tom mit einem Haufen Reisegepäck vor meiner Tür. Er sagte, daß er sofort mit mir schlafen wolle.

»Ich muß bloß eben noch die Fotosachen zu PPS bringen und kurz in der Redaktion vorbeischauen. Warte auf mich.«

»Das geht nicht«, sagte ich, »ich muß um sechs schon wieder arbeiten.«

»Doch, warte auf mich. Ich habe über uns nachgedacht, und ich muß unbedingt mit dir reden. Es ist wichtig.«

Er kam um halb sechs zurück, und in seiner Begleitung war eine Frau, die als erstes meine Toilette aufsuchte.

»Ich kann nichts dafür«, flüsterte Tom. »Ich habe sie in der Redaktion getroffen, und sie wollte unbedingt mitkommen. Was hätte ich denn tun sollen?«

»Ist schon gut«, sagte ich, »aber warum läßt du mich nicht einfach ganz in Ruhe. Du strengst mich so an, und ich bin sowieso schon so müde, und außerdem hätte ich jetzt Taxi fahren müssen.«

»Brauchst du Geld? Du mußt jetzt nicht fahren. Ich geb' dir was. Wieviel brauchst du?«

Er holte eine Rolle Geldscheine aus der Tasche.

»Ja«, sagte ich, »gib mir Geld. Das ist eine gute Idee. Gib mir einfach ein bißchen Geld, und dann laß mich in Ruhe!«

Und als er mit der Frau wieder gegangen war, legte ich mich ins Bett und schlief sofort ein.

Ich wachte davon auf, daß Tom zu mir unter die Decke kam. Er mußte sich den Hausschlüssel mitgenommen haben.

»Mensch, hau ab!« sagte ich. Er packte mich an den

Schultern, legte sich auf mich und versuchte, in mich einzudringen.

»Nein«, schrie ich, »hau ab! Laß mich endlich in Ruhe!«

Er rollte sich zur Seite.

»Na gut, dann schlafen wir eben«, sagte er beleidigt.

Am nächsten Morgen stand ich sehr früh auf. Irgendein Geräusch hatte mich geweckt, und ich konnte nicht wieder einschlafen. Ich versuchte leise zu sein, aber Tom wurde trotzdem wach und begann, sich ebenfalls anzuziehen. Ich hängte mir eine Einkaufstasche über die Schulter, obwohl kein normales Geschäft um diese Zeit geöffnet haben konnte, und verließ die Wohnung, bevor Tom seine Schuhe gefunden hatte. »Zieh die Tür nachher einfach hinter dir zu«, sagte ich.

Es wurde gerade erst hell. Neben dem Hauseingang parkte der rote Mercedes. Über Rückbank und Beifahrersitz hatte Tom das kurze gelbe Kunststoffboot in den Innenraum gekeilt. Kein Mensch war auf der Straße. Nein, falsch – auf der anderen Straßenseite stand jemand. Thies sah noch grauer aus als sonst. Ich konnte mir vorstellen, daß er schon die ganze Nacht dort stand. Wenn er auch sonst nichts hatte, Zeit hatte er reichlich. Als er mich sah, ging er mit hastigen und noch etwas steifen Schritten geradewegs auf mich zu. Sein Hemd war ungewöhnlich häßlich. Es hatte ein schief gedrucktes rotviolettes Tropfenmuster. So arm konnte man eigentlich gar nicht sein, daß man solche Hemden anzog.

»Es ist aus«, schrie ich ihm entgegen. »Endgültig! Begreif das endlich!«

»Nichts ist je zu Ende«, sagte Thies und blieb vor mir stehen. Er hob seinen Arm, und ich sah, daß er den Griff einer Haushaltsschere umklammert hielt. Es war total lächerlich.

»Paß auf, daß du dich nicht schneidest«, sagte ich.

Da stieß er zu. Aber wenn es wirklich darauf ankam, hatte ich eigentlich immer Glück. Thies traf bloß den Kunststoffgurt der Tasche. Der fing die größte Wucht auf. Die Scherenspitze rutschte ab, zerriß mein Hemd und schrammte über mein Schlüsselbein. Es blutete etwas, aber ich merkte gleich, daß es kein tiefer Riß war. Thies stand mir keuchend und blaß gegenüber. Er hielt die Schere immer noch in der Hand, aber sein Gesicht bekam schon wieder diesen weinerlichen Ausdruck. Mit so einem Gesichtsausdruck stach man nicht noch einmal zu. Thies brachte nie etwas zu Ende.

Die Haustür ging auf, und Tom kam heraus. Ich winkte ab, aber solch eine Gelegenheit ließ er sich natürlich nicht entgehen. Er nahm sich noch die Zeit, seine Tasche abzustellen, dann stürzte er sich auf Thies und schlug ihm die Faust in den Magen. Wie in so einer blöden Vorabendserie. Thies versuchte nicht einmal, sich zu wehren. Er ging sofort zu Boden. Tom trat ihm auf die Hand, aber Thies konnte die Schere nicht sofort loslassen, weil er seine Finger durch die Griffe gesteckt hatte. Und darum trat ihm Tom noch zweimal auf die Hand, bis die Schere fiel. Thies schrie fürchterlich.

»Bist du verletzt?« fragte Tom. Er meinte mich. »Ich fahr' dich ins Krankenhaus.«

Ich antwortete, daß es nicht so schlimm sei, aber ich hatte einige Mühe, ihm auszureden, die Polizei zu holen. Das fehlte noch, daß Thies die ganze Geschichte auf dem Polizeirevier ausbreitete.

»Wie du willst«, sagte Tom schließlich. »Wenn du es dir noch einmal anders überlegst, ruf mich an.«

Dann sammelte er seine Tasche auf, stieg in sein verspoiltes Auto und machte sich auf den Weg zum Wildwasserfahren oder Freiklettern oder was auch immer ihm gerade dabei half, sich richtig lebendig zu fühlen.

Die Sonne war aufgegangen. Thies lag im Schatten der Hauswand. Seine linke Hand hielt das Gelenk der rechten. So wie Tom zugetreten hatte, war die vermutlich gebrochen. Zuerst dachte ich, daß er weinte, aber als ich genauer hinsah, merkte ich, daß er lachte. Er starrte auf seine anschwellende Hand und lachte lautlos in sich hinein. Bitter. Wie jemand, dem Unrecht geschieht. Wer lacht, hat noch Reserven, sagte ich mir und ging ins Haus zurück, ohne ihm aufzuhelfen.

Besuch vom Hund

Ich bin zu einer Party eingeladen, und der Reißverschluß hinten an meinem Kleid geht nicht zu. Es klingelt. Viel zu früh. Ich streife schnell die Handschuhe über und öffne die Tür.

»Du bist viel zu früh«, sage ich, aber vor der Tür sitzt bloß ein dicker, zitternder Collie. Es regnet wie verrückt.

»Komm rein, du armer Hund«, sage ich. Der Collie zokkelt herein, und ich mache die Tür wieder zu.

»Danke«, sagt der Hund, »aber ich bin gar kein Hund.«

»Ach – nicht?«

Er stinkt wie nasser Hund.

»Nein«, sagt der Collie und lächelt. Sein Zahnfleisch hat die Farbe von Regenwürmern – mit Leopardenflecken. Ich setze mich ihm gegenüber – gerade weit genug entfernt, daß mich der faulige Geruch aus seinem Maul nicht mehr erreicht.

»Und ...«, sage ich.

»Ich bin ein magerer Wolf und heule nachts an den Mauern eurer Stadt. Dann binden die Jäger ihre Hunde fester. Die fettglänzenden Jagdköter werden unruhig, aber sie verstehen das Lied des Wolfes nicht mehr. ›Usch‹, sagen ihre Herren, ›Usch! Wer gibt dir dein Futter?‹ Und nachdem die Hunde etwas gefiept und gewinselt haben, legen sie ihre schweren Köpfe auf die Pfoten und schließen die Augen. Dann heule ich lauter, und die Hunde zittern und sträuben ihr Fell.«

Ein pathetischer Collie – das hat mir gerade noch gefehlt.

»Was redest du denn? Hier gibt es seit dreihundert Jahren keine Stadtmauern mehr. Und besonders mager siehst du auch nicht aus.«

»Stimmt. Ich bin gar kein magerer Wolf. In Wirklich-keit... in Wirklichkeit bin ich dein verlorener Hund. Hallo, da bin ich wieder! Reiß die Arme auf! Wie wäre es, wenn du mir zur Begrüßung einen Napf mit Doko-Hundeflocken hinstellst?«

»Bleib mir vom Leib, hörst du! Drei Meter Abstand. Ich habe keinen Hund. Nie gehabt.«

»Wie? Du verleugnest mich? Sieht so meine Heimkehr aus? Du verleugnest mich und trägst schwarze Handschuhe, damit man nicht sieht, daß deine Nägel herausgerissen sind? Aber ich merke es doch, weil Blut heraustropft. Das sieht übrigens sehr sexy aus – die Handschuhe, meine ich.«

Ich sehe auf meine Hände herunter, auf die Handschuhe. Tatsächlich tropft Blut heraus. Am Nachmittag habe ich Blumenstengel gekürzt und mir dabei in alle Finger geschnit-ten.

»Warte, ich leck' dir das Blut ab«, sagt der Collie.

»Weißt du was«, sage ich, »wenn du mir wirklich helfen willst, dann sei so gut und geh jetzt. Jeden Moment kommt ein netter und überaus gutaussehender Mann vorbei, um mich zu einer Party mitzunehmen, und außerdem kriege ich meinen Reißverschluß nicht zu. Also bitte: Geh, geh geh!«

»Heißt das, daß ich alles allein tun soll?«

Er sieht mich aus blutunterlaufenen Augen an.

»Was denn?« sage ich, streiche mein Kleid glatt und an-gele nach dem Reißverschluß auf meinem Rücken. »Was willst du denn? Einen Knochen? Hab' ich nicht. Guck in meinen Kühlschrank – alles leer. Warum klingelst du nicht nebenan? Frau Dabelstein ist eine reizende alte Frau, die sich immer langweilt und bestimmt über Besuch freut.«

»Er geht um die Hundefrage«, beharrt der Collie. »Du mußt uns helfen. Schließlich bist du Dichterin.«

»Schriftstellerin«, sage ich fest.

»Dichterin«, sagt der hysterische Collie.

»Und wenn schon. Was soll euch das helfen?«

»Du bist der Lärm unserer stummen Schreie. Du bist die Wahrheit unserer schlimmen Träume. Du bist das Messer für unsere eitrigen Wunden.«

»Na ja«, sage ich, »man gibt sich Mühe.«

Draußen hält ein Auto. Wir gehen ans Fenster. Der Collie stemmt die Vorderpfoten auf die Fensterbank, und wir sehen hinaus.

»Das ist der nette Mann, der mich abholt. Sieht gut aus, nicht?«

»Nur äußerlich«, sagt der Collie.

»Natürlich äußerlich. Wo denn sonst? Der andere Mann ist übrigens sein Freund. Ein Idiot, ein Trottel. Wenn er auf Reisen ist, schleppt er immer seinen alten Stoffbären mit sich herum. Ich kann Männer, die niedlich sein wollen, nicht ausstehen. Männer sind nicht niedlich.«

»Wer ist die Frau?«

»Die Freundin vom Freund. Wenn du mich fragst: etwas zu scharf auf den Mann dressiert.«

Ich öffne die Tür.

»He«, sagt der nette Mann, »hast du jetzt einen Hund?«

Der Collie nickt, und ich sage ja.

»Aber warum denn ausgerechnet so einen alten Lassie?«

»Warum keinen Collie? Die sind lieb und zuverlässig.«

»Ziemlich häßliches Vieh«, sagt der blöde Freund, und seine blöde Freundin kichert.

»Warum bist du noch nicht fertig?« sagt der nette Mann. »Willst du so mitkommen?«

»Klar«, sage ich, »oder stimmt irgend etwas nicht mit mir?«

»Du könntest dich wenigstens kämmen«, sagt die blöde Freundin, und ich sage: »Vielleicht komme ich gar nicht mit. Vielleicht habe ich etwas Besseres vor.«

Der Mann, den ich einmal für nett gehalten habe, packt mich am Handgelenk.

»Was glaubst du eigentlich, wer du bist?«

Ich schaue den Collie an. Er nickt aufmunternd, und ich sage: »Ich bin ein magerer Wolf. Ich heule nachts an den Mauern eurer Stadt. Aber die Hunde verstehen mein Lied nicht mehr. Und dann kommen die Jäger und binden sie fester und...«

Der Mann, den ich einmal für nett gehalten habe, stößt mich von sich.

»Du bist verrückt. Vollkommen verrückt. Mit so etwas will ich nichts zu tun haben.«

»Na ja«, räume ich ein, »du mußt das natürlich im übertragenen Sinn verstehen. Es geht um Wahrheit. Nicht um philosophische Wahrheit – kriminalistische...«

»Verrückt bist du«, sagt der Mann, den ich einmal nett gefunden habe und der sehr gut aussieht. »Ich hatte schon einmal etwas mit einer Verrückten. Die hielt sich für Adolf Hitler. Das mache ich kein zweites Mal mit.«

»Wirklich? Sie hielt sich für Adolf Hitler? Das ist interessant«, bemerkt der Collie.

Ich fange an zu weinen.

»Ha«, sagt der blöde Freund, »es ist doch jedesmal das gleiche. Gerade die Frauen, die immer so stark tun, sind nachher immer ganz klein und schwach.«

Ich weiß nicht, was ich darauf antworten soll. Der Collie drückt seine feuchte Nase gegen mein Knie.

»Das ist die Sorte, die zum Treten kommt, wenn einer am Boden liegt«, flüstert er. »Wahrscheinlich hat er jetzt einen stehen.«

»Na, und?« schreie ich den blöden Freund an. »Hast du jetzt einen stehen, oder was?«

Seine Freundin rümpft die Nase.

»Du bist so klein. In Wirklichkeit bist du soooo klein.«

Sie zeigt mit Daumen und Zeigefinger, wie klein ich bin.

»Du miese Schnalle«, sage ich. »Du weißt doch gar nicht,

was klein ist. Du denkst, ich bin klein, weil ich weine. Aber es bedeutet nichts, wenn ich weine. Ich weine ständig.«

»Billy the Kid hat einmal über die Schönheit eines Gedichtes geweint, und direkt danach stand er auf und erschoß zwei Männer, ohne daß seine Hand zitterte«, sagt der Collie.

»Jawohl«, sage ich, »ich weine sogar auf Bahnhöfen und bei Tierfilmen. Es bedeutet nichts, wenn ich weine. Hinterher stehe ich auf und erschieße zwei Männer, ohne daß mir die Hand zittert.«

»Außerdem ist sie eine Dichterin«, sagt der Collie, »und Dichter und Dichterinnen müssen empfindsam sein.«

»Ja«, sage ich. »Du kannst mich gar nicht verachten. Ich bin der Lärm deiner stummen Schreie.«

»Was bist du?« fragt der Mann. Wie habe ich ihn je nett finden können? Er geht aus der Tür, und mit ihm der Freund und die Freundin.

»Macht bitte die Tür auch wieder zu! Wir heizen schließlich nicht für die Eichhörnchen«, sagt der Collie.

Die Tür knallt ins Schloß. Dann das Geräusch des startenden Autos. Der Motor säuft ab. Erneutes Starten. Sie fahren weg. Ich lehne mich mit dem Rücken gegen die Wand und rutsche daran herunter, bis ich auf dem Boden sitze. Ich vergrabe mein Gesicht im stinkenden, feuchten Fell des Collies und weine.

»Jetzt ist er weg«, sage ich. »Was soll ich bloß tun?«

»Du könntest aufstehen und jemanden erschießen«, sagt der Collie. »Geweint hast du ja schon.«

»Heute nicht mehr. Meine Hände zittern so.«

»Ist dein Kühlschrank wirklich leer?« fragt der Collie.

»Ja, aber wir können zur Esso-Tankstelle gehen. Es ist nicht sehr weit.«

Ich ziehe meinen Wollmantel an, stecke die nackten Füße in Gummistiefel und setze meine Waschbärmütze auf.

»Hast du keine Leine?« frage ich den Hund.

»Die brauche ich nicht. Wir Collies sind lieb und zuverlässig.«

Es hat aufgehört zu regnen. Alles ist voller Pfützen. Ich lege eine kleine Step-Nummer in Gummistiefeln hin, und der Collie kläfft anerkennend.

Ein einzelner Stern steht am Himmel.

Der Indianer

Stundenlang waren wir schweigend durch die Wüste gefahren, durch all das Geröll und den Sand und die Kakteen und vertrockneten Büsche. Auf den letzten paar Meilen hatte die Straße ihre pfeilgerade Richtung verlassen und sich allmählich aufwärts geschlängelt in eine Hügelkette hinein. Und hinter einer Kurve stand plötzlich dieser Felsen. Er war zwanzig Meter hoch und blutrot. Er sah aus wie frisch geschlachtet – als hätte ihm gerade jemand den Pelz abgezogen. Die Straße führte mitten hindurch, sie schnitt ihn in zwei Teile, durch die der Datsun wie ein Messer glitt. Und der Himmel war so blau, wie etwas nur blau sein kann. Das war er vorher natürlich auch schon gewesen, aber jetzt, mit dem roten Felsen davor, sah er noch zehnmal blauer aus.

»Seht euch das an! Seht euch das bloß an! Habt ihr in eurem Leben schon einmal so etwas gesehen?«

Ich schaute zu Sandra, die neben mir auf dem Beifahrersitz saß. Sie starrte regungslos aus dem Seitenfenster und machte ein Gesicht, als würde sie mich am liebsten anspukken. Ich drehte mich zu Robert um, der hinten quer lag. Er blätterte in einer Zeitschrift. Sie antworteten mir nicht. Sie sagten nicht einmal »hmmm« oder »ja ja« oder »interessiert uns nicht« oder wenigstens »halt's Maul«. Sie sagten einfach gar nichts. Ich war ihnen so widerlich, daß ihnen sogar der rote Felsen widerlich war – bloß weil er mir gefiel. Ich fühlte mich schrecklich. Die ganze Sache bedrückte mich so sehr, daß ich, als wir wieder in ebenes Gelände kamen, rechts ranfuhr und sagte, jemand anderes müsse jetzt fahren.

Beim Aussteigen bemerkte ich, wie heiß es eigentlich war, bestimmt 50 Grad. Der Datsun hatte eine Klimaanlage, so daß ich ganz vergessen hatte, durch was für eine Hitze wir uns bewegten. Robert setzte sich hinters Lenkrad. Ich kroch auf die Rückbank, zog die Beine hoch und rollte mich in eine Ecke. Ich machte die Augen zu, damit sie nicht sahen, daß ich weinte. Okay, dachte ich, sag' ich ab jetzt eben nichts mehr. Kann ich auch. Kein Problem.

Ich mag nicht erklären, warum ich mit Sandra und Robert in einem Auto saß. Es hing mit diesem sentimentalen Getue um alte Schulfreundschaften zusammen, die angeblich ewig halten. Ich habe darüber nachgedacht, während wir durch Arizona gefahren sind. Ich habe eine Menge Zeit gehabt, um nachzudenken, und bin zu dem Ergebnis gekommen, daß das hier niemals eine Freundschaft gewesen ist, sondern bloß ein Haufen sentimentaler, verlogener Scheiße. Was Sandra angeht, so ist sie klein und mollig und hat statt einem Mund einen Strich im Gesicht. Sie ist Nervenärztin und hatte damals einen Forschungsauftrag an der Universität von Phoenix. Irgend etwas mit Elektroschocks. Phoenixer Studenten, deren Prüfungsergebnisse ungenügend auszufallen drohten, konnten sich Zusatzpunkte verdienen, indem sie freiwillig an ihren sehr schmerzhaften Experimenten teilnahmen.

Eigentlich ist Sandra hübsch mit ihren langen braunen Locken, aber ich habe jetzt überhaupt keine Lust, irgend etwas nettes über sie zu sagen. Robert ist groß und dünn und abartig geizig. Tatsächlich ist er der geizigste Mensch, der mir je begegnet ist. Wann immer wir eine Tankstelle anfuhren, rannte er sofort auf die Toilette und erschien erst wieder, wenn Sandra oder ich die Tankrechnung bereits bezahlt hatten. Einmal erwischte ich ihn dabei, wie er von den drei Dollar Trinkgeld, die ich in einem Restaurant auf den Tisch gelegt hatte, zwei herunternahm und einsteckte.

Als ich nicht mehr weinen mußte, machte ich die Augen wieder auf und nahm ein Buch aus meiner Tasche, obwohl mir beim Lesen im Auto immer schlecht wird. Nur damit ich diese beiden Fratzen nicht mehr sehen mußte. In dem Buch ging es um Frauen im Wilden Westen. Der Autor wußte, womit er seine Leser rankriegte. Gleich das erste Kapitel handelte von Pioniersfrauen und Siedlerinnen, die von Indianern entführt worden waren. »Für einen Indianer ist es etwas sehr Schönes, eine weiße Squaw zu besitzen«, las ich. Meine Laune besserte sich schlagartig. Ich blinzelte über das Buch hinweg in die Wüste hinaus, wo weit und breit kein Mensch zu sehen war. Auch kein Indianer. Dafür tauchte links neben der Straße ein Hinweisschild auf: NOCH 1 MEILE BIS ZUM ANDENKENLADEN VON HÄUPTLING ROTES PFERD. RIESENAUSWAHL. Etwas später kam ein zweites Schild: JETZT NUR NOCH EINE HALBE MEILE BIS ZUM ANDENKENLADEN VON HÄUPTLING ROTES PFERD. ERSTKLASSIGE WARE!

»He«, sagte ich, »laßt uns da anhalten. Ich will in den Indianerladen.«

Sandra stöhnte auf.

»So etwas Peinliches! Das ist doch nur Nepp. Außerdem haben wir dafür keine Zeit.«

Nie hatten sie für irgend etwas Zeit. Außer wenn sie in ein Restaurant oder einen Supermarkt wollten. In Supermärkten konnten sie Stunden verbringen.

»Ich will den Indianer sehen«, sagte ich. »Ich bin jetzt seit einer Woche in Arizona und habe noch keinen einzigen Indianer gesehen.«

»Im Motel gibt es bestimmt einen Fernseher. Da kannst du dir die ganze Nacht Indianer ansehen«, sagte Robert.

Die Hinweisschilder, große weiße Papptafeln auf Stelzen, kamen jetzt Schlag auf Schlag: NUR NOCH 200 YARDS BIS ZUM ANDENKENLADEN VON HÄUPTLING ROTES PFERD. ALLES SEHR BILLIG! und: JETZT SIND ES NUR NOCH 100 YARDS. FAHREN SIE NICHT VORBEI! und: NOCH 50 YARDS. SETZEN SIE DEN BLINKER! Schließlich: SIE SIND DA! ANDENKENLADEN VON HÄUPTLING ROTES PFERD. ALLES SUPER GÜNSTIG! RIESEN AUSWAHL. BESTE QUALITÄT. HANDARBEIT!

»Das ist ja widerlich«, sagte Sandra.

»Bitte anhalten«, sagte ich. »Er ist ein Häuptling.«

»Wir haben keine Zeit, um überall anzuhalten«, fauchte Sandra, »*du* willst doch unbedingt ins Monument Valley!«

Der Andenkenladen bestand aus einem Holzhaus und vier Bretterbuden. Bunte Wolldecken hingen wie Wäsche an einer Leine, gerade hoch genug, daß der Staub, den wir aufwirbelten, sie nicht erreichte. Dann kam wieder ein weißes Schild auf Stelzen: HÄUPTLING ROTES PFERD WÜNSCHT EINE SCHÖNE REISE. Und kurz danach: VORBEIGEFAHREN? NOCH IST ES NICHT ZU SPÄT, UM UMZUDREHEN. SCHNELL, MACHEN SIE EINEN U-TURN! Okay, dachte ich bei mir, ab jetzt sage ich aber wirklich gar nichts mehr.

Ich hatte etwa eine Stunde lang geschwiegen, als uns auf der rechten Fahrbahnseite ein kleiner schmutziggelber Hund entgegenkam. Er war sehr dünn und trabte in einem gleichmäßigen Tempo, und die Zunge, die aus seinem Maul hing und im Takt seiner Füße schlappte, sah so trocken aus, als würde sie dabei rascheln.

»Halt an«, sagte ich sofort zu Robert und legte ihm auch noch meine Hand auf die Schulter. »Halt mal an, damit wir dem armen Kerl ein bißchen Wasser geben können.«

»Fahr weiter«, sagte Sandra, »wir haben keine Zeit, bei jedem Köter anzuhalten. Außerdem wohnt der hier irgendwo. Der braucht dein Wasser nicht.«

»Na wo denn? Siehst du hier irgend etwas? Steht da vielleicht ein Haus? Hier gibt es doch noch nicht mal 'nen Baum. Das hier ist 'ne Wüste. Hier gibt es im Umkreis von hunderttausend Kilometern kein Wasser.«

Robert fuhr weiter. Der Hund verschwand in einer Staubwolke.

»He, Robert«, sagte ich, »ich gebe dir fünf Dollar, wenn du anhältst. Ich gebe dir sogar zehn!«

Ich sah, wie er zusammenzuckte. Das machte ihm zu schaffen.

»Ich gebe dir zwanzig!«

»Hör auf damit«, sagte Sandra. Und zu Robert:

»Du fährst weiter!«

»Dreißig!«

»Ehrlich?« fragte Robert, aber dann fügte er hinzu:

»Nein, ich tu's nicht. Du mußt endlich lernen, daß man zwischen Menschen und Tieren unterscheiden muß.«

»Fünfzig!« Ich schob mich zwischen die Vordersitze und fuchtelte mit dem Schein vor seinem Gesicht herum.

»Nein«, sagte Robert traurig und trat aufs Gaspedal, »du würdest sie mir ja dann doch nicht geben.«

Ich ließ mich zurück in die Polster fallen und blieb dort zehn Minuten lang still wie ein Toter. Dann brüllte ich plötzlich los:

»Schnell, fahr ran! Fahr rechts ran! Mir ist schlecht!«

Sie waren tatsächlich so dumm. Sie wurden völlig nervös, daß ich ins Auto kotzen könnte, und hielten sofort an. Ich zwängte mich aus dem Rücksitz, sprang raus, ging um den Wagen herum und öffnete den Kofferraum. Ich nahm die große Wasserflasche heraus und steckte sie in meine Umhängetasche.

»Ich hau' ab! Mich seht ihr nie wieder. Und das Wasser nehm' ich auch mit!«

Sie sahen mir mit offenen Mündern zu.

»Du kannst nicht einfach in der Wüste aussteigen. Wie willst du denn nach Hause kommen?«

»Ich fahr' per Anhalter.«

»Du kannst nicht einfach per Anhalter fahren. Das hier ist Amerika. Man kann in Amerika nicht einfach per Anhalter fahren. Das ist zu gefährlich. Außerdem wirst du verdursten. Steig wieder ein!«

Ich lief los. Die ersten paar Meter riefen sie noch hinter mir her. Dann standen sie bloß noch da und starrten mir nach. Als ich mich einmal umdrehte, sah ich es. Geschah ihnen ganz recht. Mir kam es vor, als wenn ich noch stundenlang so weiterlaufen könnte. Hitze hat mir noch nie viel ausgemacht. Auch wenn es natürlich klar war, daß ich einen Sonnenbrand bekommen würde. Ich trug bloß ein kurzes Kleid und Turnschuhe.

Als von Sandra und Robert endlich nichts mehr zu sehen war, trank ich ein paar Schlucke aus der Wasserflasche und hielt Ausschau nach dem Hund, konnte ihn aber nirgends entdecken. Ich kniff die Augen zusammen und blickte die lange Straße entlang. Kein Hund. Ich sah in die andere Richtung, ob nicht bald ein Auto käme, das mich mitnehmen würde. Es kam aber keines. Dann sah ich den Indianer. Ich wußte sofort, daß er ein Indianer war, noch bevor ich sein Gesicht erkennen konnte; sogar, als er noch ein paar hundert Meter entfernt war. Er trabte in gleichmäßigem Tempo auf der Straße und würde mich bald einholen. Die Luft waberte vor Hitze, so daß sein Körper keine festen Konturen zu haben schien. Ich blieb stehen und sah ihm entgegen. Ich fragte mich, warum mir der Anblick so vertraut war, und dann fiel mir ein, daß ich eine ganz ähnliche Szene einmal in einem Film gesehen hatte.

Der Indianer hatte kurze Haare und trug schwarze Jeans und ein grünes T-Shirt. Er war vielleicht zwanzig Jahre alt und tatsächlich ein Indianer. Als er mit mir auf gleicher Höhe war, blieb er stehen und sah mich an, ohne zu lächeln. Ich bot ihm etwas zu trinken an, und er nickte. Ich gab ihm die Wasserflasche. Er trank nur zwei Schlucke, und ich bat ihn, mehr zu trinken. Er trank noch einmal zwei Schlucke. Dann gab er mir die Wasserflasche zurück, bedankte sich und trabte weiter.

Wenig später nahm mich ein silberner Truck mit, in dem sich die ganze Welt spiegelte. Als wir an dem Indianer vorbeifuhren, fragte ich den Fahrer, ob er ihn nicht auch noch mitnehmen könnte. In der Kabine war noch reichlich Platz. Der Fahrer spuckte bloß aus. Ich sah nach vorn, beobachtete den Horizont, ob der Himmel sich schon verfärbte, und versuchte abzuschätzen, wieviel Zeit ich wohl noch hatte, bis es dunkel wurde. Denn wenn es dunkel wird, beginnen für Anhalterinnen die Schwierigkeiten mit Lastwagenfahrern.

Der erste war Jeff. Er war ungefähr zwei Meter groß mit genügend Schulterbreite, um die Frauen in der Reihe vor uns in spitze Begeisterungsschreie ausbrechen zu lassen. Jeff trug eine weiße Hose und ein Matrosenkäppi, wie Tick, Trick und Track eines aufhaben, und er streichelte selbstverliebt über die Gehwegplatten – große Muskulatur seiner rasierten Brust. Auf der Bühne stand ein Badezuber aus Holz, der wie die untere Hälfte von einem Weinfaß aussah. Über dem Rand hing ein weißes Handtuch und an einem Nagel im Holz ein Rückenschrubber. Trockeneis-Nebel wälzten sich aus dem Badezuber auf den Boden und krochen Jeff um die Fußgelenke. Aus den Lautsprechern quoll ein schwüles Lied im Rhythmus einer Galeerenpauke. Jeff fing an, sich in diesem Rhythmus zu winden, und die Frauen in der Reihe vor uns heulten kehlig auf und klatschten mit. Weil sie aber die einzigen blieben, die klatschten, hörten sie auch gleich wieder auf. Tanzend öffnete Jeff den Reißverschluß seiner Hose, der sich nicht dort befand, wo er hingehörte, sondern an einer völlig albernen Stelle, nämlich an der Seite. Der Reißverschluß begann am unteren Ende des rechten Hosenbeins und ließ sich bis zur Hüfte aufziehen. Dann machte Jeff mit dem linken Hosenbein, in das ein weiterer Reißverschluß eingenäht war, das gleiche und riß sich die Hose zwischen den Beinen hindurch vom Körper, warf sie hinter sich. Darunter hatte er weiße Boxershorts an. Bevor er sich weiter auszog, wickelte Jeff das große weiße Bettlaken um seine Hüften. Erst dann fielen die Unterhosen. Es gab ein paar Pfiffe und Buh-Rufe. Unbeeindruckt drehte Jeff sich um und ließ ein Stück von seinem Hintern sehen. Dann knotete er das Handtuch wieder fest und sprang mit einem Satz von der Bühne herunter und in den Gang zwischen die Zuschauerreihen. Ich spürte, wie der Drückerfisch neben mir zusammenzuckte. Auch Angela und Karin, die auf der anderen Seite des Drückerfischs saßen, sahen verspannt aus. Karin war die, der wir die Freikarten verdankten. Sie hatte kurze Haare und breite Hüften und einen Bruder, mit dem sie an den Wochenenden an Tanzturnieren teilnahm. Ohne je einen Pokal zu gewinnen. Ihr Bruder hatte etwas mit der Saalvermietung zu tun. Von ihm stammten die Eintrittskarten.

»Ich habe Karten für alle«, hatte Karin gesagt, als sie morgens in das Büro für die Auszubildenden gekommen war. Wir saßen dort zu sechst: vier Steuerinspektorenanwärterinnen, zwei Steuerinspektorenanwärter. Vor wenigen Wochen hatten wir den Unterricht in einer Schule für Steuerrecht und Buchhaltung mit einer Prüfung abgeschlossen und waren auf verschiedene Finanzämter verteilt worden. Das Ergebnis der Prüfung war noch nicht bekannt, d. h. mir war mein Ergebnis doch schon bekannt, weil ich nur leere Blätter abgegeben hatte. Der einzige Grund, warum ich nicht schon längst gekündigt hatte, waren meine Eltern. Sie hatten bisher nicht besonders viele Gelegenheiten gehabt, meinetwegen glücklich zu sein, und sie waren geradezu blödsinnig glücklich, als ich Beamtin wurde, selbst wenn es vorläufig bloß auf Widerruf war.

»Ich habe Karten für alle – aber natürlich nicht für die Männer«, hatte Karin hinzugefügt und einen kurzen, schadenfrohen Blick auf die beiden traurigen Gestalten in unserem Büro geworfen, auf die die Bezeichnung männlich im weiteren Sinn zutraf.

»Ihr dürft da sowieso nicht rein.«

Angela hatte träge hochgeschaut und eine Locke auf ihren Zeigefinger gewickelt und wieder abgewickelt. Sie war die einzige von uns, die das Zeug dazu gehabt hätte, gut auszusehen, wenn sie nur über einen Funken Temperament verfügt hätte. Und dann trug sie noch so eine merkwürdige

Brille, deren Bügel am unteren statt am oberen Rand befestigt waren, so daß es immer aussah, als hätte sie die Brille verkehrt herum aufgesetzt.

»Ja, fein. Das wird bestimmt lustig«, sagte sie ohne jede Betonung und so langsam, als wäre sie gerade aus einer Narkose aufgewacht. Mir gefiel der Vorschlag auch. Die Männerstripshow interessierte mich, obwohl ich fand, daß ich die Gesichter in diesem Büro bereits einige Male zu oft gesehen hatte, als daß ich mit ihnen auch noch meine Abende verbringen wollte. Ich redete mir gern ein, daß ich eigentlich gar nicht so richtig dazugehörte, weil ich erstens sowieso durch die Prüfung gefallen war und zweitens auf keinen Fall dazugehören wollte. Tatsächlich paßte ich aber ganz hervorragend in dieses Büro; was uns alle einte, war der völlige Mangel an Frische und Lebendigkeit. Die stumpfesten Augen hatte der Drückerfisch.

Der Drückerfisch war eine Sie und hieß so, weil ihr Schädel merkwürdig deformiert aussah – der Kopf eines Neugeborenen nach einer Zangengeburt könnte so aussehen – und weil einer der beiden Männer aus unserem Büro eines Tages behauptet hatte, die Drückerfische zu Hause in seinem Aquarium hätten genau das gleiche Gesicht. Mir kam es immer so vor, als wäre das Gesicht des Drückerfischs deswegen so verbeult, weil ihr das Leben irgendwann einmal zu fest hineingetreten hatte.

Ihr mißgestalteter Schädel saß auf einem zarten Kinderkörper. Für eine Zwölfjährige wäre dieser Körper passend gewesen. Ihre Kleidungsstücke waren entweder zu klein oder zu groß; eng anliegende Wurstpellen-Pullover und steife Kunstfaser-Röcke, die wie schiefe Dreiecke von ihr abstanden. Und immer trug sie alles in Braun. Braune Blusen, braune Röcke, braune Hosen und beige Gesundheitsschuhe.

Sie war die einzige, die Bedenken gegen Karins Einladung hatte.

»Ich finde das nicht richtig«, sagte sie mit ihrer quäkenden Stimme, die klang, als wenn sie gerade geheult hätte.

»Ich glaube, ich möchte lieber nicht mitkommen. Ihr solltet das auch nicht tun.«

Wir nahmen ihre Bedenken ungefähr so ernst, wie der Bürgermeister von Amity-Ville Chief Brodys Warnungen vor dem Weißen Hai. Allerdings verstand ich nicht, warum Karin sich so darauf versteifte, daß unbedingt alle Frauen mitkommen sollten. Normalerweise versuchte jede von uns, so wenig wie möglich mit dem Drückerfisch zu tun zu haben. Mir wäre es lieber gewesen, wir wären ohne sie gegangen, denn obwohl ich genauso unfreundlich zu ihr war wie die anderen, hängte sie sich ausgerechnet immer an mich.

Eines Tages war sie aufgestanden und zu meinem Schreibtisch gekommen. Ich hatte gerade überlegt, ob der Kunstdruck an der gegenüberliegenden Wand eine Kirschbaumplantage darstellen sollte.

»Ich habe ein Foto von meinem Freund dabei«, sagte der Drückerfisch, »willst du mal sehen?«

»Nein«, sagte ich.

»Da«, sagte sie und hielt mir ein Paßfoto mit einem Knick in der Mitte hin. Mir war noch nie die Idee gekommen, daß der Drückerfisch an so etwas wie Sex und Männer auch nur dachte. Auf dem Paßbild saß ein Mann, der wie ein Hamster aussah, vor einer roten Gardine. Hamster und Drückerfisch. Ich zuckte die Schultern.

Ein paar Tage später kam sie dann an, um mir zu erzählen, daß der Hamstermann sie verlassen hatte. Sie holte wieder das Paßbild raus, das inzwischen einen zweiten Knick hatte, und legte es auf meinen Tisch. Ich wollte es zur Seite schieben, und dabei fiel es auf den Boden. Der Drückerfisch bückte sich und hob es auf. Als sie wieder hochkam, weinte sie. Ich tat, als würde ich es nicht bemerken. Aber ich wurde sie trotzdem nicht mehr los.

Jeff tänzelte an den Sitzreihen entlang, verteilte Küßchen,

ob die Zuschauerinnen wollten oder nicht, und näherte sich bedenklich unserer Reihe. Ich saß ganz am Rand, wenn er bis hierhin vorrückte, war ich fällig.

»Oh«, machte der Drückerfisch und rutschte tief in ihren Sitz, »oh. Oh.«

Jeff steuerte genau auf uns zu, das weiße Handtuch schlenkerte um seine Knie. Und dazu diese Galeerensklaven-Musik: wumm-wumm, wumm-wumm.

Der Drückerfisch umklammerte die Armlehnen ihres Sitzes mit den Fingern, daß die Knöchel weiß hervorstanden, als wäre keine Haut mehr darüber. Aber im letzten Moment kreischten die Frauen in der Reihe vor uns so laut, daß Jeff auf sie aufmerksam wurde und nicht mich, sondern das Mädchen, das vor mir saß, an die Hand nahm und mit sich zur Bühne zog. Kaum war das Beutetier von der Herde getrennt, wurde es sofort kleinlaut und sah sich bang nach seinen Freundinnen um. Die schrien und lachten nur noch mehr. Das Mädchen mußte mit Jeff auf die Bühne klettern und in das Holzfaß steigen. Er hielt ihr eine kleine Leiter, und dann stieg er hinter ihr her, wobei er sich noch einmal zum Publikum drehte und uns zuzwinkerte, als hätten wir diese Idee gemeinsam ausgeheckt. Das Holzfaß reichte Jeff bis zum Bauch. Von dem Mädchen sah man nicht mehr als von einem Nachrichtensprecher im Fernsehen. Jeff nahm das weiße Handtuch ab und warf es ins Publikum. Er nahm die Hand des Mädchens, führte sie nach unten und machte einige eindeutige Bewegungen damit. Dabei lehnte er sich nach hinten und warf den Kopf hin und her. Das Mädchen stand schlaff neben ihm und versuchte ein Gesicht zu machen, als würde sie die ganze Sache lustig finden. Jeff packte ihren Kopf und drückte ihn nach unten. Als sie wieder auftauchte, sahen wir für einen kurzen Moment den Hals einer grünen Flasche in ihrer kleinen Hand, die von Jeffs Hand umklammert wurde. Jeff legte auch noch die andere Hand um den Flaschenhals, schüttelte wie wild und spritzte sich den schäumenden Sekt auf die Brust. Dann zwang er das Mädchen, den Schaum auf seiner Brust zu verreiben, während das Mädchen versuchte, so zu tun, als würde es nicht gezwungen werden.

Nach der Badewannen-Nummer kamen zehn Männer, die wie Bauarbeiter ausstaffiert waren – mit gelben Plastikhelmen – und die vor einem Baugerüst tanzten und sich bis auf sehr knappe Unterhosen auszogen. Zum Schluß ließen sie sich nebeneinander in einen Liegestütz fallen wie Dominosteine, die beim Fallen den nächsten Stein mitreißen, und führten Bewegungen vor, an denen man sofort sah, wie gut sie sich mit Geschlechtsverkehr auskannten.

Nach den Bauarbeitern kam Bud. Sie hatten alle solche Namen – kurz wie Ohrfeigen. Bud zog sich auf einem roten Satinbett aus. Er zog sich gern aus. Das sah man. Dies war es, wofür er sich jeden Tag stundenlang mit Hanteln quälte. Nachdem er sich langwierig auf den schimmernden Laken gerekelt hatte, stand er auf und kam von der Bühne herunter, um sich ein Opfer zu suchen. Wild entschlossen, sich zu amüsieren, schrien die Frauen in der Reihe vor uns natürlich gleich wieder auf. Nur die eine, die es bereits erwischt hatte, die mit Jeff in das Faß hatte steigen müssen, war stiller geworden. Als Bud sich in meine Richtung bewegte, erstarrte ich bis in die Fingerspitzen.

Dieses Gefühl war mir bekannt. Es war das gleiche Gefühl der Anspannung, das ich jedesmal ausstand, wenn unsere Vorgesetzten im Finanzamt ihre Kontrollrunde bei uns machten und uns gutmütig über die gebeugten Schultern sahen und hin und wieder einen Kommentar abgaben. Ich fürchtete nämlich, daß sie bemerken könnten, daß ich seit 47 Tagen über derselben Steuererklärung saß. Normalerweise schafft ein Finanzbeamter ungefähr acht Steuererklärungen am Tag, und Anfänger, wie wir es waren, schaffen wenigstens eine. Aber ich saß seit 47 Tagen vor den Unterlagen eines Menschen mit Namen Dombrowski und sollte ihn veranlagen und hatte nicht den geringsten Schimmer, wie man so etwas macht. Wenn Dombrowski seine Steuererklärung in Sanskrit abgefaßt hätte, hätte ich auch nicht weniger davon verstanden. Also tat ich den ganzen Tag nichts und hatte fast den ganzen Tag Angst, daß irgend jemand bemerken könnte, daß ich nichts tat.

Ich kam immer schon morgens um sieben ins Finanzamt, rammte die Stempelkarte in die Stechuhr und ließ mich wie ein Sack Kartoffeln vom Paternoster in den sechsten Stock schaffen. Dann setzte ich mich an meinen Platz und legte die Stirn auf die Tischplatte. Ich kam deswegen so früh, weil ich mich darauf verlassen konnte, daß unsere Vorgesetzten nie vor neun kamen. Das bedeutete, daß ich zwei Stunden lang keine Angst haben mußte, dabei erwischt zu werden, daß ich gar nichts tat. Kurz nach mir trafen nacheinander die beiden Männer ein. Der eine versuchte in den ersten Tagen, vor mir da zu sein, weil er ohne Zeugen die leere Flasche in seiner Schreibtischschublade gegen eine volle austauschen wollte. Aber nachdem er mitgekriegt hatte, daß ich in den ersten beiden Stunden meine Stirn nicht von der Tischplatte zu heben pflegte, machte es ihm auch nichts mehr aus, die Flaschen in meiner Gegenwart auszuwechseln. Der andere Mann kam so früh, weil er in Ruhe das Kreuzworträtsel in der *Bild*-Zeitung lösen wollte. Wenn er nicht mehr weiterwußte, fragte er den Säufer, und sie beugten sich gemeinsam über die Zeitung. Es gibt nicht viele Beschäftigungen, die ich mehr verachte als das Lösen von Kreuzworträtseln – vielleicht, wenn man sein Horoskop liest. Das taten sie hinterher. Wenn sie das Kreuzworträtsel gelöst hatten, lasen sie sich gegenseitig ihre Tageshoroskope vor. Als wenn an irgendeinem dieser Tage etwas anderes passieren könne als das, was immer passierte. Kurz vor neun hob ich meinen Kopf von der Tischplatte, und um neun kamen unsere zwei Vorgesetzten, sagten »Guten Morgen«, gingen durch unser Büro in ihres und schlossen die Tür hinter sich. Sie waren älter und dicker als wir, und sie saßen auf anderen Stühlen. Wir hatten einfache Holzstühle. Nach dem Abschluß der Ausbildung würden wir drehbare Holzstühle bekommen. Und nach der ersten Beförderung gab es Drehstühle mit Polsterung und dann bessere Drehstühle mit besserer Polsterung. Als ganz große Verheißung winkte eines Tages ein Chefsessel aus Leder. Wenn die Vorgesetzten hinter ihrer Tür verschwunden waren, wagte ich nicht mehr weiterzuschlafen, denn von nun an konnten sie jeden Moment wieder hereinkommen. Ich legte die Steuererklärung Dombrowski und den Vordruck für die Veranlagung vor mich auf den Tisch, legte auch einen Bleistift daneben, und dann starrte ich die nächsten sechs Stunden den Kunstdruck an, der in einem ölig glänzenden Holzrahmen mir gegenüber an der Wand hing. Eigentlich kann ich expressionistische Bilder und überhaupt alle Bilder, auf denen man nicht gleich auf Anhieb erkennt, worum es sich handelt, nicht ausstehen. Das liegt daran, daß ich stark kurzsichtig bin. Wenn ich morgens aufstehe und meine Brille noch nicht aufgesetzt habe, erlebe ich die ganze Welt als konturenlose Schmiererei. Das reicht mir dann. Das muß ich mir nicht auch noch auf Bildern ansehen. Aber in diesem Büro hatte ich nur die Auswahl zwischen dem Kunstdruck und den Urlaubspostkarten, die mit Tesa-Film an den Aktenschrank geklebt waren: Palmen auf Gran Canaria, Strand auf Fuerteventura, Sonnenuntergang auf Lanzarote, dänische Fischkutter und eine Karte aus Spanien, auf deren Foto in roten Buchstaben BURRO-TAXI geschrieben stand. Das Burro-Taxi war ein kleiner Esel auf streichholzdünnen Beinen, der mit so viel Feuerholz beladen war, daß er fast darunter verschwand. Die Postkarten hatte ich bereits ausgiebig betrachtet. Der Vorteil des Bildes, das mir gegenüber hing, war, daß ich es nicht verstand. Dadurch hatte ich länger etwas davon. Ich stellte mir gern vor, daß ich erlöst sein würde, sobald ich nur herausgefunden hatte, was es darstellen sollte. Dann würde ich einfach aufstehen und ohne ein Wort durch die Tür verschwinden und nie mehr wiederkommen. Und die ganze Zeit, während ich das Bild anstarrte oder meine Kollegen, fürchtete ich mich vor dem Moment, in dem unsere Vorgesetzten hereinkommen würden, um uns über die Schultern zu sehen und unsere Fragen zu beantworten. Ich hatte keine Fragen. Ich beobachtete, wie der Säufer in halbstündigen Abständen mit dem Kopf unter seinen Tisch kroch, lange in einer Schublade wühlte, wieder auftauchte und sich anschließend zwei Pfefferminzbonbons auf einmal in den Mund steckte. Irgendwann im Laufe des Tages kündigte Karin an, daß sie nun zu dem Aldi-Laden auf der anderen Straßenseite gehen wollte, und nahm Bestellungen auf, was sie uns mitbringen sollte. Dann blieb sie eine Viertelstunde weg, und wenn sie zurückkam, verteilte sie Gummibären und Eisschokolade. Irgendwann hob der Drückerfisch die Augen, sah mich unterwürfig an, und wenn ich nicht finster zurückblickte, stand sie auf und versuchte ein Gespräch anzufangen. Und irgendwann ging die Tür auf, und unsere Vorgesetzten kamen herein.

Dann umklammerte ich meinen Bleistift und schrieb irgendwelche Zahlen auf den Veranlagungsbogen, während ich gleichzeitig mit dem Ellbogen die Steuererklärung verdeckte und das Adrenalin wie aus einem Dampfdruckstrahler durch meine Adern schoß. Es war der schlimmste Augenblick des Tages, aber wenn er überstanden war und die Vorgesetzten auch dieses Mal wieder gegangen waren, ohne mißtrauisch zu werden, wußte ich, daß ich nun bis zum Feierabend in Sicherheit war. Zweimal an einem Tag kamen sie nie. Die Zeit im Finanzamt war die anstrengendste Zeit meines Lebens. Merkwürdig, daß so etwas Eltern glücklich macht.

Bud wählte mich nicht aus, sondern eine Frau, die viel weiter vorn saß. Sie mußte sich zu ihm auf das Satinbett legen. Er zwang sie, seine Hüften zu streicheln, und dann legte er sich über sie, und dann fiel der Vorhang. Danach kam wieder eine Tanzgruppe. Diesmal waren sie als Chefstewards verkleidet. Chefstewards mit Reißverschlüssen in den Hosenbeinen.

Nach den Chefstewards kam Hank. Hank fuhr auf einer Harley Davidson auf die Bühne. Es sah aus, als schwebte er auf der wabernden roten Trockeneiswolke herein, begleitet von wabernder, bösartiger Death-Metal-Musik. Er trug eine amerikanische Polizeiuniform – Helm, schwarze Ledersachen und eine verspiegelte Sonnenbrille – und war mit Abstand der Unsympathischste von allen, die bisher aufgetreten waren. Er sah aus wie jemand, dem ich sofort meine Brieftasche zuwerfen würde, wenn er mir in einer einsamen Straße entgegenträte. Aber die Frauen vor uns schrien gleich wieder stupide auf, als er den Polizeihelm abnahm und lange schwarze Locken herausschüttelte. Hank zog sich auf dem Motorrad aus. Auch seine Hose hatte die praktischen Reißverschlüsse an den Seiten. Die klobigen, schwarzen, mit Metallketten behängten Stiefel und die Lederbänder, die seine Oberarme einschnürten, behielt er an. Sogar seine Unterhose war aus Leder. Hank schwenkte das rechte Bein über den Motorradlenker, stand auf und kam in gemäßigter Primatenhaltung an den Bühnenrand. Ich wünschte, ich wäre nicht mitgekommen. Dies war der Moment der Verzweiflung, dies war der Moment, in dem der uneinsichtige, gewissenlose Politiker begreift, daß er doch lieber auf die Wissenschaftler hätte hören sollen, weil Godzilla nämlich schon kurz vor Tokio herumtrampelt und weder mit Flammenwerfern noch mit Panzern aufgehalten werden kann. Das, was ich am allerwenigsten wollte, war, von diesem eingeölten Schwerkriminellen zu irgendwelchen schlüpfrigen Handlungen gezwungen zu werden und dabei so tun zu müssen, als würde mir das auch noch Spaß bringen. Mein Hirn war so taub und leer, als hätte mir jemand einen Spaten übergezogen.

»Ich kann das nicht«, war der einzige Gedanke, der darin hin und her kollerte wie das letzte Markstück, das man aus einem Sparschwein zu schütteln versucht.

»Ich kann das nicht, ich kann das nicht, ich kann das nicht.« Wenn Hank mich auf die Bühne schleifen sollte, würde ich wahrscheinlich in Tränen ausbrechen. Im Programmheft stand: ›Eine Bühnenshow, in der auch Frauen endlich einmal auf ihre Kosten kommen.‹ Warum saßen wir nur so verdammt weit vorn.

Hank beschirmte seine Augen mit einer Hand und sah wie ein Hollywood-Indianer auf uns herunter. Flakscheinwerfer tasteten suchend über die Frauenköpfe, tauchten sie in Licht und entließen sie wieder in schützendes Dunkel. Und dann sprang Hank. Er sprang nicht von der Bühne herunter, sondern er sprang geradeaus, landete mit den Stiefeln auf den Sitzlehnen zwischen zwei Zuschauerinnen und ruderte kurz mit seinen Armen, um das Gleichgewicht zu halten. Das Kreischen schwoll an wie bei einem Popkonzert für Teenager. Es war die Sorte Kreischen, die nach Kleinmädchenpisse stinkt.

Mit großen Schritten setzte Hank seine Stiefel zwischen die Frauenköpfe, trat einfach auf die Sitzlehnen und kam mit jedem Schritt eine Reihe näher. Und das einzige, womit ich mich trösten konnte, war, daß es diesmal nichts ausmachte, daß ich so weit am Rand saß, weil Hank einfach über die Reihen hinwegstiefelte und sich genausogut eine Frau aus der Mitte pflücken konnte.

Die Frauen vor uns schrien wieder wie verrückt. Ich wünschte ihnen den Tod, denn natürlich lockten sie Hank damit geradewegs hierher. Und dann schnappten sie beinahe über, weil er wie der Zorn Gottes vor ihnen aufragte – nicht viel mehr als einen Meter von mir entfernt – und versuchte, das Mädchen zu sich hochzuziehen, das schon mit Jeff in der Badewanne gesessen hatte. Aber es zappelte und strampelte so heftig, daß Hank in Gefahr geriet abzustürzen. Er ließ von ihr ab, machte einen weiteren Schritt, und dann stand er über uns, über den phlegmatischen Steuerinspektorenanwärterinnen, und griff nach Angela. Angela war natürlich zu temperamentlos, um sich zu wehren, aber es reichte doch noch dafür, daß sie sich an Karin festklammerte, und Karin klammerte zurück, und Hank mußte zum zweitenmal aufgeben. Die Muskeln an seinem Unterkiefer traten vor, als er um sich blickte, welche von uns ein sicheres Opfer abgeben würde.

Der Drückerfisch wog bestimmt nicht mehr als vierzig Kilo. Hank hob sie einfach aus ihrem Sitz, warf sie sich über die Schulter und stapfte mit ihr über die Sitzlehnen zurück zur Bühne. Als seine Pranken direkt neben mir zugriffen, hätte ich den Drückerfisch vielleicht festhalten können. Aber das hatte ich nicht getan. Ich war sogar unwillkürlich zur Seite gerückt. Um mich herum brandete ein häßliches Geräusch auf, das ein Lachen sein sollte, ein Lachen, das bewies, daß es sich hier um einen großartigen Spaß handelte. Aber es klang bloß nach Angst und Schadenfreude und nach der Erleichterung, selbst noch einmal davongekommen zu sein. Ich vermied es, zu Angela und Karin hinüberzusehen. Sie sagten etwas. Ich hörte ihnen nicht zu. Ich verfolgte das weitere Geschehen auf der Bühne mit der Kälte und Teilnahmslosigkeit eines Tierfilmers, der aufnimmt, wie ein Rehkitz von einer Pythonschlange verschlungen wird, und dabei erklärt, daß er auf keinen Fall eingreifen darf, weil er dadurch den Kreislauf der Natur stören würde. Das, was auf der Bühne passierte, war zweifellos auch Natur. Hank schwang sich wieder auf sein Motorrad und legte den Drückerfisch vor sich mit dem Rücken auf den Tank. Er packte ihre Beine, bog sie auseinander und fuhr sie mit beiden Händen ab. Der Drückerfisch trug Hosen, und als Hank mit seinen Daumen die Innenseite ihrer Beine hochglitt, schob er das eine Hosenbein so weit hoch, daß man ihren Strumpf sehen konnte. Es war ein Nylonstrumpf, ein

71

Kniestrumpf aus Nylon, und als die Frauen ihn bemerkten, wurde ihr Kreischen wie splitterndes Geschirr. Dieser Strumpf war das Erbärmlichste und Traurigste, was ich seit langem gesehen hatte. Er war schuld, daß ich plötzlich anfing zu beten. Ich faltete nicht die Hände. Ich bewegte noch nicht einmal die Lippen. Aber in mir drin betete ich von ganzem Herzen zu Hank und Jeff und Bud und Joe und Pit und wie sie alle hießen.

»Gnade«, betete ich, »Gnade, ihr Herren, für den Drückerfisch! Laßt sie gehen! Nur diese eine! Und nur dieses eine Mal! Tut ihr nichts! Wir wissen doch längst, daß ihr die Herren seid und mit uns machen könnt, was ihr wollt, und daß es uns gar nichts nützt, dafür bezahlt zu haben. Aber der Drückerfisch kann es von allen am schwersten ertragen.«

Das half natürlich gar nicht. Ich mußte mitansehen, wie Hank den Drückerfisch vor seinen stoßenden Unterleib hielt, wie er sie auf den Boden legte und seine Liegestütze über ihr absolvierte. Sie lag da wie ein Haufen schmutziger Wäsche, der kleine, dünne Drückerfisch, der einfach nur langweilig und häßlich war, der den Hamstermann liebte und überhaupt nicht mitgewollt hatte. Schließlich gab Hank ihr einen Kuß auf die Wange und stellte sie wieder auf die Füße. Er führte sie noch bis zum Bühnenrand, packte sie um die Taille und ließ sie hinunter in den Zuschauerraum. Dann drehte er sich um und ging zu seinem Motorrad. Und wie das unschuldige Monster, das nach der Zerstörung einer Großstadt dem Schauplatz den Rücken kehrt, fuhr Hank von der Bühne. Ich wartete nicht, bis der Drückerfisch zurück an ihren Platz gekommen war oder bis die anschließend auftretende Gruppe tanzender Kellner anfing, sich auszuziehen. Ich stand auf und ging.

Ich habe nicht mehr erfahren, was aus dem Drückerfisch geworden ist, denn ich bin am folgenden Tag einfach nicht zur Arbeit gekommen und am darauffolgenden Tag auch nicht.

Ich machte meine Eltern unglücklich und kündigte und ging nur noch einmal in das Finanzamt, als ich meine Entlassungsurkunde abholen mußte. Das war in einem anderen Büro, in einem anderen Stockwerk, und ich stieg im sechsten Stock gar nicht erst aus und sagte niemandem auf Wiedersehen.

Die Strumpfhose

Als ich fünf Jahre alt war, habe ich einmal bei Breisigs auf den Teppich gepinkelt. Heute fällt es mir nicht mehr schwer, davon zu erzählen. Aber in dem Augenblick, als es passierte, als mir der Urin naß und heiß die Beine herunterlief, da war es überhaupt kein Trost, erst fünf Jahre alt zu sein. Dieser Vorfall hat mir mein ganzes Leben bis zum Ende der Grundschulzeit vergällt. Noch in der vierten Klasse, wenn ich einfach bloß so auf dem Pausenhof stand und an meinem Schulbrot kaute oder mit Marina Hase und Gundula Driest Gummitwist sprang, kam plötzlich meine ältere Schwester vorbei, sagte unvermittelt: »Weißt du noch, wie du bei Breisigs auf den Teppich gepinkelt hast?«, und schlenderte weiter. Der Tag war dann natürlich gelaufen.

Meine Schwester hatte mich damals mitgenommen zu Breisigs. Das muß eine absolute Ausnahme gewesen sein. Eigentlich haßte mich meine Schwester. Bloß wenn sie mit Steffi von Ackeren Prinzessin spielte, durfte ich dabeisein. Einmal hat uns jemand in unseren Kostümen fotografiert. Auf dem Foto trägt Steffi von Ackeren einen mit einer Schärpe gerafften Rock und eine um den Kopf gewickelte Gardine. Meine Schwester trägt ein Kleid meiner Mutter, das bis auf den Boden schleppt. Als Schleier hat sie einen Unterrock genommen, dessen Gummizug sich um ihre Stirn spannt. Ich stehe zwischen ihnen und habe so eine Art Kittel an. Ein Herrenoberhemd. Ich war der Sklave. Meistens spielten wir in Steffis Kinderzimmer. Wenn meine Schwester nach Hause ging, behielt Steffi von Ackeren mich noch eine halbe Stunde da, um mich mit einer Hundeleine zu fesseln und mir Stecknadeln in die Hand zu stechen. Meine Aufgabe dabei war es, nicht das Gesicht zu verziehen und nicht zu weinen. Darin wurde ich mit der Zeit richtig gut.

Meine Schwester hatte mich also mitgenommen zu Sabine Breisig, wo noch einige andere Kinder waren, alle schon sieben oder acht Jahre alt. Wenn du fünf bist, sind Siebenjährige so etwas wie der Hochadel. Wahnsinnig interessante Leute. Die gingen ja schon zur Schule. Vor lauter Ehrfurcht wagte ich nicht, nach der Toilette zu fragen. Ich kreuzte die Knie und litt und wartete auf den Moment, wo meine Schwester mich zufällig ansehen und es merken würde. Aber meine Schwester haßte es, mich anzusehen. Und dann war ich nicht mehr imstande, es zurückzuhalten, und sagte schnell:

»Ich glaube, ich muß mal aufs Klo.«

»Ich glaube, das ist wohl schon zu spät«, sagte jemand, und alle sahen dorthin, wo es unter meinem kurzen Faltenrock heraustropfte. Ich trug eine Wollstrumpfhose. Sie war weiß und kratzig. Diese Strumpfhosen waren wirklich die Pest. Ständig rutschten sie auf halb acht, und der Schritt saß in der Höhe der Kniekehlen. Wenn ich mit meiner Mutter unterwegs war, hob sie mir in regelmäßigen Abständen den Rock über die Hüften – völlig egal, wo wir gerade waren –, klappte den Rock hoch, raffte mit beiden Händen den Wollstoff und zerrte mir die Strumpfhose bis unter die Achseln. Und dann waren die Dinger auch noch teuer, und man durfte auf keinen Fall ein Loch hineinmachen.

Ich erinnere mich, wie ich einmal mit meiner Schwester und Andreas Lohmeyer, das war der Nachbarssohn, unten an der Alster spielte. Noch so eine Ausnahmesituation. Vermutlich mußte meine Schwester auf mich aufpassen. Die Strumpfhose, die ich anhatte, war ganz neu. Ich war entsprechend instruiert worden, und ich hatte mich wirklich vorgesehen. Aber einmal hatte ich mich durch ein Brombeergebüsch schlagen müssen, und einmal hatte ich mich einen Abhang hinuntergerollt, und schon war ein Loch in der Hose gewesen.

»Du gehst sofort nach Hause und zeigst es Mama!« sagte meine Schwester.

Während ich nach Hause ging, überlegte ich, wie ich noch aus der Geschichte herauskommen könnte, und als meine Mutter mir die Tür öffnete, sagte ich:

»Andreas Lohmeyer hat mir mit der Nagelschere ein Loch in die Strumpfhose geschnitten.«

Meine Mutter fragte mich zweimal, ob das auch wirklich wahr sei. Ich nickte jedesmal heftig mit dem Kopf. Ja, ganz genauso hatte es sich abgespielt. Meine Mutter glaubte mir nicht und sperrte mich in mein Zimmer, wo ich warten mußte, bis Andreas Lohmeyer und meine Schwester vom Spielen heimkehrten, um meine Aussage zu bestätigen. Oder auch nicht. Mir war ganz schön mulmig. Ich setzte mich auf mein Schaukelpferd, galoppierte ein bißchen vor mich hin und hoffte die ganze Zeit inständig, Andreas Lohmeyer würde zugeben, daß er die Strumpfhose zerschnitten hatte.

»Ja«, würde er sagen, »ja, ich wollte ausprobieren, wie das aussieht.«

Ich hielt es tatsächlich für möglich, daß er das sagen würde, einfach weil ich es mir so sehr wünschte. Solchen Denkfehlern gab ich mich auch später immer wieder hin, selbst dann noch, als ich schon viel zu alt dafür war. Zum Beispiel füllte ich eine Zeitlang Lottoscheine aus. Ich spielte immer nur, wenn meine finanzielle Lage so katastrophal war, daß ich nicht mehr aus und ein wußte, oder wenn der Jackpot über 10 Millionen lag. Aber so funktioniert das nicht. Du gewinnst nicht im Lotto, bloß weil das deine letzte Chance ist, und du kriegst auch kein Pony zum Geburtstag, bloß weil du dir das so sehr gewünscht hast, und du wirst auch nicht wiedergeliebt, bloß weil du selbst so sehr liebst, und du wirst auch nicht verlegt, bloß weil du drei Jahre lang nichts anderes getan hast, als dieses eine Buch zu schreiben, und Andreas Lohmeyer sagte natürlich, daß er meine Strumpfhose überhaupt nicht angerührt hätte. Das war dann die zweitgrößte Tracht Prügel, die ich als Kind kassierte.

Andreas Lohmeyer ging ich danach zehn Jahre lang aus

dem Weg. Das war eigentlich schade, weil ich ihn ungeheuer bewunderte, seit er einmal von zu Hause weggelaufen war, um König der Tiere zu werden. Er blieb bloß einen halben Tag lang verschwunden, aber die Idee hatte mich damals ziemlich beeindruckt.

Als ich bei Breisigs auf den Teppich pinkelte, hing mir die Strumpfhose natürlich gerade wieder in den Kniekehlen, und der Urin lief mir teilweise die Beine herunter, und teilweise sammelte er sich in dem eingewebten Keilstück im Schritt und tropfte von dort gelb auf den Fusselteppich. Meine Schwester und die Freunde meiner Schwester starrten schweigend auf diese Lache, und ich wäre am liebsten tot oder gar nicht geboren gewesen, als ein Junge sagte: »Wir müssen sie nach Hause bringen, damit sie sich nicht erkältet. Ich kann sie hinten auf meinem Gepäckträger mitnehmen.«

Das vergess' ich ihm nie. Ich weiß nicht mehr, wie er hieß. Er kann nicht älter als acht oder höchstens neun Jahre gewesen sein, aber in meiner Erinnerung ist er einen Meter neunzig groß, und sein Mund ist von Ernst und Entschlossenheit geprägt.

Jedenfalls saß ich dann auf seinem Gepäckträger, was wegen der verrutschten Strumpfhose nicht ganz einfach war, und hielt mich an seinen Hüften fest. Ich verliebte mich, fünfjährig, natürlich in diesen Achtjährigen, verliebte mich in den Glanz von Märchen und Männlichkeit, der ihn umgab.

Doch während ich diese Geschichte aufschreibe, mich zu erinnern bemühe und meine Fahrt auf dem Gepäckträger noch einmal vor mein inneres Auge rufe, da sehe ich den Jungen und mich allerdings durch eine Straße fahren, die eindeutig nicht auf dem direkten Weg zu meinem nur fünfhundert Meter entfernten Elternhaus liegt. Er hätte linksrum fahren müssen, durch den Weidenredder; er ist die Olendeelskoppel aber rechtsrum gefahren und dann durch den Bargweg und den ganzen Treudelberg hinunter. Jetzt, nach dreißig Jahren, fällt mir das auf. Der Junge ist einen riesigen Umweg gefahren. Nimmt ihm das etwas von seinem Glanz? Wohl kaum.

Obst und Gemüse

»Meine einzige«, schreit Ping Wang und reißt die Arme auseinander. Ich richte die Sektflasche mit dem Korken auf ihn:
»Aha, wir sind also wieder einmal ohne Freundin. Wo ist
denn – wie hieß sie noch gleich?«

»Was? Weg! Und wenn die Weiber weiter so gemein sind,
wechsel ich doch noch zum anderen Ufer.«

Er küßt mich und Sven zur Begrüßung und drückt mir
noch zwei Tüten mit schuhsohlengroßen Krabbenchips in
die Arme. Die bringt er jedesmal mit. Seine Eltern haben ein
China-Restaurant. Ping Wang ist ein schöner Mann, wenn
vielleicht auch nur auf seine Art. Es ist mir nicht peinlich,
daß wir einmal zusammen waren; ich kann es bloß nicht
begreifen. Wenn es mir einfällt, bin ich jedesmal wieder er-
staunt. Ich weiß nicht mehr, wie es war, warum es einmal
anfing, und ich weiß nicht mehr, wie es endete. Ich erinnere
mich allerdings noch gut an eine Nacht, in der Ping Wang
neben mir in meinem VW-Käfer saß. Wir fuhren von einer
Diskothek zu einer anderen. Irgendein Junge, den wir irgendwo aufgabelt hatten und den wir gar nicht weiter
kannten, beugte sich vom Rücksitz nach vorn, faßte Ping
Wang am Kinn und küßte ihn lange auf den Mund. Und ich
fuhr weiter und drehte das Radio lauter. »This is your... this
is your life« sang dort jemand, und ich dachte: Ja.

»This is real ... this is real life« sangen die Banderas. Da
war ich mir allerdings nicht so sicher.

Jetzt ist Ping Wang ein bißchen dick geworden.

»Ist Ping Wang nicht widerlich dick geworden?« fragt
Sven und greift ihm in die Seiten. Ping Wang bläht die Wangen auf und läßt seinen Bauch über den Gürtel schwap-
pen.

Die Party ist noch nicht richtig im Gange. Keiner tanzt.

Ein Junge in einem Karohemd mischt die Musik mit einem Computer, und die CDs sind ganz neu, jedenfalls kenne ich die Stücke nicht, sie haben schnelle, fliegende Bässe, die einen oben am Hals erwischen.

»Ja, widerlich«, sage ich und küsse Ping Wang auf die Schulter.

»Außerdem kenne ich sonst keinen Mann, der Beinwärmer trägt. Das tun nur Balletttänzer, und die sind alle schwul.«

»Aber er ist nicht schwul«, sagt Sven. »Ich habe die letzten drei Nächte mit ihm in einem Bett geschlafen und muß es wissen.«

»Und du solltest es auch wissen«, sagt Ping Wang und sieht mich vorwurfsvoll an. Es klingelt an der Tür. Er schaut gespannt über meine Schulter, dann werden seine Gesichtsmuskeln wieder schlaff. Sven hat die neuen Gäste hereingelassen.

»Wahrscheinlich kommt nachher noch die Schwester von Thorsten«, sagt Ping Wang. »Sie ist eine Schönheit.«

Er summt zufrieden in sich hinein.

»Ich kenn' Thorstens Schwester«, sage ich. »Und soviel ich weiß, ist sie in Gisborne, auf Neuseeland, um das neue Jahrtausend als allererste zu erleben. Einer von ihren reichen Typen hat sie eingeladen. Thorstens Schwester hat Silvester schon hinter sich.«

»Unsinn«, sagt Ping Wang. »Mir hat sie gesagt, daß sie zu uns kommt.«

Es sind vielleicht dreißig Leute da, alles Freunde von Sven. Sie stehen bloß herum und trinken. Jetzt tanzt ein Mädchen. Sie trägt ein langes Samtkleid und hat einen Haufen Ketten um den Hals. Im letzten Jahr hat sie auch als erste getanzt. Da hatte sie Trainingshosen an und ein klitzekleines Glitzer-T-Shirt. Auf dem Boden sitzt ein Junge mit langen blonden Haaren und lehnt sich an das Bücherregal. Zwei Mädchen sitzen neben ihm. Die eine türmt ihm Luftschlangen auf den

Kopf. Der Junge sagt etwas, und alle drei lachen wie Hyänen. Jetzt weiß ich, wo ich ihn schon gesehen habe. Er ist Sänger. Man muß ihn nicht kennen. Aber hier kennen ihn alle. Sänger interessieren mich nicht. Mich interessieren Schlagzeuger. Aber ich kriege immer bloß Bassisten.

»Warte hier«, sagt Ping Wang, »ich will dir einen Freund aus Berlin vorstellen, einen ungeheuer begabten Schachspieler. Er hat die Berliner Schachmeisterschaften gewonnen.«

Er zwinkert wild und tuckert dick und eifrig wie ein kleiner Hafenschlepper davon.

»Obst und Gemüse«, sagt jemand hinter mir. Ich kenne ihn nicht. Er sieht gut aus. Vielleicht ein bißchen zu dünn.

»Was?« frage ich und stelle den Sekt und die Krabbenchips ins Bücherregal. Er hat gar nicht mit mir gesprochen, aber jetzt sieht er mich an und lächelt.

»Was ist der Unterschied zwischen Obst und Gemüse?«

Jemand sagt: »Obst ist süß.«

»Ach«, sagt er, »dann sind Zuckerrüben also Obst?« Er trägt ein rosa Hemd mit weißen Kreisen darauf. Die Ärmel sind hochgekrempelt, und er hat die schönsten Unterarme, die ich je gesehen habe. Ich drehe mich ganz um.

»Gemüse macht dumm«, sage ich.

Ping Wang kommt zurückgedampft, mit einem häßlichen Menschen als Beiboot.

»Das ist Roy Rogers, der singende Cowboy«, kichert Ping Wang, läuft wieder aus, und an diesem Abend ist nicht mehr herauszukriegen, wie sein Freund wirklich heißt. Roy Rogers scheint mit seinem neuen Namen sehr einverstanden zu sein und legt sich mächtig in sein billiges Zeug.

»Lady«, sagt er, »Lady, was willst du trinken?«

Ich sage: »Sekt mit Eiswürfeln«, denn für Eiswürfel muß er in die Küche gehen. Dann bin ich ihn los.

»Und nenn' mich nicht Lady; so weit sind wir noch nicht, daß wir uns Hundenamen geben.«

Das Mädchen ist immer noch allein auf der Tanzfläche. Es

reißt die Arme hoch und stößt mit den Zeigefingern in die schlechte Luft und quirlt sie tüchtig durch.

»Obst wächst auf Bäumen.«

»Dann sind Erdbeeren also Gemüse?«

Sie sind immer noch bei Obst und Gemüse. Ich finde das Thema allmählich ein bißchen strapaziert. Trotzdem würde ich mich gern verlieben – so wie früher. Aber es ist nicht mehr wie früher. Es ist nie so wie früher. Er sieht mich an. Ich nehme eine angebrochene Bierflasche vom Computerturm und trinke sie aus. Ich habe das Gefühl, ich werde immer nüchterner, je mehr ich trinke.

»Obst ist kleiner.«

»Gemüse muß man kochen.«

»Falsch. Falsch.«

Kein Mensch scheint den Unterschied zu kennen. Er erklärt es ihnen und sieht dabei nur mich an. Und ich schaue bloß seine Unterarme an und versuche, endlich betrunken zu werden.

Roy Rogers balanciert zwei Sektgläser durch die Menge. Jemand wirft eine Tomate nach ihm, aber er weicht geschickt aus.

»Danke. Doch nicht«, sage ich und lasse ihn stehen, und es ist mir egal, ob es ihn unglücklich macht. Kann man mit jemandem, der sich Roy Rogers nennen läßt, Mitleid haben?

Der Sänger ist plötzlich neben mir und reicht mir eine neue Bierflasche. Dann gibt er mir ein Tuch und will, daß ich es ihm um den Kopf knoten soll.

»Geht nicht«, sag' ich, »fettige Finger.« Ich reiche das Tuch an das Mädchen weiter, das sich diese Aufgabe am meisten wünscht. Ich glaube nicht, daß es der Sänger schaffen wird. Zehn Jahre wird er vielleicht noch in diesen kleinen Klubs auftreten. Dann werden alle seine Freunde nicht mehr zu allen seinen Konzerten erscheinen können. Die, die trotzdem noch kommen, versuchen ihn aufzumuntern, obwohl sie längst nicht mehr an ihn glauben. Der Sänger selber weiß dann, daß er es nicht mehr schaffen wird. Er wird sich sagen, daß er es versucht hat und daß es das ist, worauf es ankommt. Aber er wird etwas anderes fühlen.

Der Sänger läßt nicht locker. Er fängt an, mir einen Kinofilm zu erzählen. Er zieht jetzt diese Ich-bin-noch-ein-kleiner-Junge-Nummer ab, und es ist gar nicht mitanzusehen, wie klasse er sich findet und für wer weiß wie begnadet er sich hält. Aber das Erstaunliche ist, daß er mich damit tatsächlich zum Lachen bringt. Ich kenne den Film schon. Er hat mir nicht gefallen, aber so, wie der Sänger ihn erzählt, ist er plötzlich lustig: Wie einer angeschossen wird und sich ganz beleidigt darüber beklagt, wie weh das tut, und dann – womm! – kriegt er voll die Ladung in den Bauch und – flatsch – schlägt er lang hin und rappelt sich trotzdem wieder auf; und während ihm – glibber, glibber – die Gedärme herausquellen und er sie mit einer Hand zurück in den Bauch schiebt, beklagt er sich wieder ganz zickig: »Oh, das tut weh, wie das weh tut!«

Ich mag es, wie der Sänger stirbt. Er hält sich den Bauch, ist ganz weiß geworden, und er sinkt in die Knie und rollt auf dem Boden rum. Die beiden Mädchen und ich, wir lachen uns fast kaputt. Der Sänger steht wieder auf, dreht sich um und läßt uns stehen. Er geht quer durch den Raum auf den Obst-und-Gemüse-Mann zu und sagt etwas zu ihm. Vielleicht ist der Gemüsemann sein Freund. Oder sein Schlagzeuger. Der Sänger zieht sich eine Jacke über und geht zur Tür. Der Schlagzeuger kommt zu mir rüber.

»Wir wollen zur Reeperbahn«, sagt er, »uns da das Feuerwerk ansehen. Hast du Lust mitzukommen?«

Der Himmel ist dunkelbraun, die Straße schmutzigweiß. Fein wie gesiebtes Mehl weht uns Schnee ins Gesicht. Der Sänger ist wütend, als er mich sieht. Er denkt, daß ich seinetwegen mitgekommen bin, und möchte mich loswerden und tut, als wäre ich gar nicht da. Die ganze Zeit redet er auf seinen Schlagzeuger ein, und ich laufe schief nebenher. Ich ärgere mich über den Schlagzeuger, daß er sich nicht um mich kümmert, sondern dem Sänger an den Lippen hängt, als wolle er etwas von *ihm*. Schließlich bleibe ich stehen und sage:

»Wißt ihr was? Ich gehe doch wieder auf das Fest zurück. Auf Wiedersehen, auf Wiedersehen.«

»Nein, bleib doch. Bitte! Wir sind doch schon fast da.«

Ich gehe weiter mit, weil er mich gebeten hat, weil wir beinahe schon da sind und weil er ein Schlagzeuger ist. Jetzt redet keiner von uns. Kleine Explosionen säumen unseren Weg. Bald werden die Explosionen lauter und folgen schneller aufeinander. Kaum sind wir an der Reeperbahn, stürzt ein Haufen Menschen auf uns zu, umringt uns, redet durcheinander und meint vor allem den Sänger. Ein Mädchen nimmt die Hände des Schlagzeugers und sagt:

»Die sind ja ganz kalt.«

Sie hält seine Hände fest und haucht darauf. Der Schlagzeuger sieht verwirrt und beglückt aus, und ich weiß, daß er das Recht hat, so zu fühlen, und ich dränge mich rückwärts aus der Menge heraus. In diesem Moment fangen sie alle an zu schreien. Mit einer kleinen Verzögerung starten die Raketen. Die Explosionen werden zu einem einzigen, stetigen und unwahrscheinlich lauten Motorengeräusch; gelbe Nebelwolken wabern kniehoch, und glühende Papier- und Aschefetzen wehen mir an die Jacke. Sogar die Taxifahrer sind ausgestiegen und hüpfen um ihre Mercedesse herum. Vor mir wälzt sich ein Penner in allerbester Laune auf einem angesengten Pappdeckel, während um ihn herum die Knallfrösche platzen. Als unsere Blicke sich treffen, schreit er:

»Prost Neujahr 2000!«

Ich finde es auch in Ordnung, daß dieses Jahrtausend endlich vorbei ist. Doch was das neue betrifft, das so ehrfurchtgebietend vor uns liegt, bin ich mir nicht sicher, ob der

Penner seine Erwartungen allzu hoch stecken sollte. Heute nacht wird ihn jedenfalls kein Krankenwagen aufsammeln und ins Warme schaffen. Die Rettungsdienste sind vollauf damit beschäftigt, werdende Mütter von Jahrtausendbabys zu den Entbindungsstationen zu karren.

Der Schlagzeuger und das Mädchen, das seine Hände gewärmt hat, überholen mich, ohne mich zu sehen.

»In Wirklichkeit beginnt das neue Jahrtausend erst 2001...«, höre ich ihn erklären. Ich mache mich auf den Rückweg zu Svens Wohnung. Obwohl mir sehr kalt ist, wage ich nicht, die Schultern hochzuziehen. Das könnte aussehen, als wenn ich unglücklich wäre, und wer Silvester unglücklich aussieht, wird mit Böllern beworfen.

Sven öffnet die Tür. Die Wohnung ist überheizt und verraucht. Inzwischen tanzen fast alle. Jemand ist in die Bücherwand gesprungen, und die ganzen Regale und Bücher sind runtergekracht. Auf dem Teppich liegen zertretene Krabbenchips.

»Was macht die dicke Chinesin?« frage ich. »Ist Thorstens Schwester schon gekommen?«

Doch Ping Wang sieht ebenfalls wie zertreten aus. Nach Mitternacht hat er das Warten aufgegeben und versucht, eine andere Frau zu finden. Aber was allein gekommen war, hatte sich inzwischen anderweitig arrangiert. Nur Sven und Ping Wang und Roy Rogers und ich sind übriggeblieben, und jetzt sitzen wir am Küchentisch, vor dem leergefressenen Buffet. Sven öffnet eine Wodkaflasche, damit Silvester auch für uns einen Inhalt bekommt. Roy Rogers hat es immer noch nicht ganz aufgegeben. Er prostet mir zu, trinkt direkt aus der Wodkaflasche und greift zwischendurch auch noch zu meinem Sektglas. Als er speichelnd auf dem Boden sitzt, nimmt Ping Wang ihm die Flasche weg und sagt: »Aus!«

»Doch«, schreit Rogers, »schadet mir nicht. Das ist gesund! Es muß gesund sein. Jedesmal, wenn ich es trinke, fühle ich mich besser.«

»In Wirklichkeit beginnt das neue Jahrtausend sowieso erst nächstes Jahr«, werfe ich ein.

Die anderen hampeln weiter im Wohnzimmer herum. Aus irgendeinem Grund funktioniert der Computer nicht mehr, und darum haben sie jetzt eine alte BRAVO-Kassette eingelegt. Ab und zu kommt einer der Tänzer zu uns in die Küche, um sich etwas vom Tisch zu holen. Dann stolpert er über Roy Rogers. Der schönste Junge und das schönste Mädchen der Party bleiben vor dem Buffet stehen, und er küßt sie und drückt sie dabei gegen den Herd, ohne daß einer der beiden von uns Notiz nimmt.

»Ekelhaft«, sagt Ping Wang, schlingert mitsamt seinem Wodkaglas hinaus und aufs Klo und bleibt sehr lange dort. Als er zurückkommt, drückt er Rogers das Glas in die schlaffe Hand, fällt mir um den Hals und versucht, seine Zunge zwischen meine Lippen zu schieben. Er stinkt fürchterlich. Ich wende den Kopf ab.

»Nicht. Das tut man nicht unter Freunden. Ich bin nicht dein Ersatz.«

»Aber wo sie doch nicht gekommen ist ...«, sagt Ping Wang weinerlich, setzt sich hin und verknetet die Brotkrümel auf dem Tisch. Das schöne Paar geht eng umschlungen aus der Küche. Roy Rogers kriecht auf den Flur hinaus und versucht, sich in den Teppichboden zu wickeln. Sven und ich machen Anstalten, ihn aufzuheben und ins Bett zu bringen.

»Nein«, flüstert Rogers, »laßt mich. Ich mag diesen Teppich. Es ist ein lieber Teppich.«

»Du solltest mehr trinken«, sagt Ping Wang.

»Komm«, sage ich, »steh auf. Wir bringen dich nach hinten, dann kannst du richtig schlafen.«

Rogers blinzelt mich an.

»Ich sage es dir nicht gern«, meint er, »aber du bist ziemlich häßlich. Gleich als ich dich sah, hab' ich gedacht: Mein Gott, die Arme, wie häßlich sie ist.«

Er streckt sich lang aus und schläft ein. Sven holt Bettzeug aus dem Schlafzimmer und deckt ihn damit zu. Dann sitzen wir zu dritt in der Küche, trinken Wodka, und jedesmal, wenn einer aus dem Wohnzimmer kommt, im Flur seine Jacke anzieht und an der Küchentür vorbeigehen will, sagt Sven:

»Vorsicht, tritt nicht auf Roy Rogers.«

Märchen

Vor vielen Jahren, es könnte 1978 gewesen sein, bin ich von meinem Elternhaus und von der Schule weggelaufen, zehn Tage verschwunden geblieben und dann zurückgekehrt, um mein Leben ganz genauso weiterzuführen, wie ich es zuvor getan hatte.

Eines Tages wartete ich, bis mein Vater zur Arbeit, meine Mutter einkaufen und mein kleiner Bruder zur Schule gegangen waren. Dann begann ich zu packen. Meine Schwester war gerade Au-pair-Mädchen in England, störte also nicht weiter.

Eigentlich hatte ich überhaupt keinen Grund wegzulaufen. Kein Mensch übte irgendeinen Zwang auf mich aus. Meine Eltern hatten längst resigniert und verlangten nichts von mir, als daß ich sie einigermaßen glaubwürdig belog und nicht mit dem behelligte, was ich tatsächlich trieb.

Als ich nach zehn Tagen wieder zurückkehrte, wurde ich von der Polizei vorgeladen. Der Polizeipsychologe fragte nach meinen Gründen, und unter dem Druck, eine halbwegs plausible Erklärung abliefern zu müssen, nuschelte ich etwas von »persönlichen Problemen« und behauptete, daß ich mich gerade von meinem Freund getrennt hätte.

Das stimmte sogar. Einige Wochen zuvor hatte ich meinen Freund gefragt, warum er mich eigentlich nicht mehr mitnahm, wenn er und seine Mofa-Bande zum Auenland fuhren. Das Auenland war eine riesige, staubige und verschachtelte Diskothek mit mehreren Räumen, düsteren Gängen und einem Billardtisch. Es gab Kirschtee, Drogen, verquaste Musik und ein Pappschild in der Frauentoilette, auf dem stand: WAS SEID IHR EIGENTLICH? FRAUEN ODER SCHWEINE? GESTERN HABEN WIR WIEDER BIS

ÜBER DIE ELLBOGEN IN DER SCHEISSE GESTECKT, UM EURE BINDEN AUS DEN ROHREN ZU FISCHEN.

Mein Freund antwortete mir: »Du weißt ja selber, daß du nicht so gut aussiehst...«, und kurz darauf trennte ich mich von ihm.

Er war mein erster fester Freund gewesen. Wir hatten einige Male versucht, miteinander zu schlafen – er hatte einige Male versucht, mit mir zu schlafen –, doch im Gegensatz zu dem, was er überall herumerzählte, war er dazu nie imstande gewesen.

Eines Nachts spielte er mir eine Platte von den »Animals« vor. Anschließend schenkte er sie mir, obwohl ich nicht gesagt hatte, daß sie mir gefiel. Und sie gefiel mir auch nicht. HOUSE OF THE RISING SUN. Nein. Gefiel mir nicht. Danach hörten wir SPACE ODDITY. Die LP fand ich besser, aber die bot er mir nicht an. Beim Plattenauflegen stieß mein Freund eine Kerze um, und das Wachs tropfte auf meine Hose. Als ich am nächsten Morgen nach Hause kam, hielten meine Geschwister die Wachsspuren für Spermaflecken und hänselten mich deswegen. »Wichsflecken«, schrien sie, zeigten auf meine Beine, wo die Flecken waren, und kriegten sich nicht mehr ein. Erinnerten sich noch Wochen später immer wieder daran, schrien jedesmal mit wahnsinnigem Lachen »Wichsflecken« und zeigten auf meine Beine. Ich korrigierte sie nie.

Aber daß mein Freund irgend etwas mit meinem Davonlaufen zu tun haben sollte, war natürlich Unsinn. Mit Fluchtplänen hatte ich mich nämlich schon im Vorschulalter beschäftigt. Seit ich denken und laufen konnte, war ich davon überzeugt gewesen, daß das mir zugedachte Schicksal in Entkommen, Abenteuer und Fremde lag. Beim Einschlafen stellte ich mir immer vor, daß meine Eltern tot wären und man mich in ein Waisenhaus gesperrt hätte. Ich malte mir aus, wie ich mich aus dem Fenster abseilte, wie ich mir Gesicht und Haare mit gekochten Walnußschalen färbte und dann mein Glück auf einem Schleppkahn oder in dem Schloß eines gütigen Grafen fand.

Schuld an diesen Phantasien (und damit letztlich auch an meiner späteren Flucht) hatte vermutlich ein Märchenbuch, das meinen Großeltern gehörte und aus dem mir schon sehr früh, aber gar nicht einmal so oft vorgelesen worden war. Das Buch war ein Sammelalbum aus dem Jahr 1939, in das meine Großeltern sogenannte Zigaretten-Bilder, eine Zugabe beim Kauf von Zigarettenpackungen, eingeklebt hatten. Diese Märchenbilder, »Originalarbeiten von Professor Paul Hey«, gaben Mensch, Tier und Landschaft erstaunlich naturgetreu wieder. Ich hielt sie wegen des weißen Randes, der die Bilder umgab, vor allem aber wegen der Tatsache, daß sie eingeklebt worden waren, für Fotos. Einige der abgebildeten Schauplätze – wie den Weg, über den Schneewittchens Sarg getragen wurde, oder die Brücke, auf der die Jungfrau Maleen als falsche Braut ging – glaubte ich sogar in der Umgebung meines Elternhauses wiederzuerkennen. Folglich stand der Wahrheitsgehalt der dazugehörigen Märchen für mich außer Frage. In meiner unmittelbaren Nähe hatten sie sich zugetragen. Sie waren so real und geheimnisvoll wie meine eigene verschwommene Baby-Vergangenheit, von der ich ja auch nur durch Fotoalben und die Erzählungen meiner Mutter wußte. Viel später als andere Kinder fand ich mich damit ab, daß Märchen erfunden seien. Möglicherweise ein bißchen zu spät. Möglicherweise hing ich noch an jenem Tag, als ich von zu Hause fortlief, der Überzeugung an, daß auf Demütigung, Armut und Verkanntsein zwangsläufig Ruhm, Überwindung aller Feinde und das halbe Königreich folgen müßten. Wenn ich nur der langweiligen und gewöhnlichen Sicherheit den Rücken kehrte und in die weite Welt hinauszog.

Obwohl es im Haushalt meiner Eltern einen praktischen Rucksack gab, dessen Kunststoffgestell und Beckengurt das

Gewicht der Traglast ideal auf den ganzen Körper verteilt hätten, stopfte ich meinen Schlafsack, einige Unterhosen und ein langes, grüngeblümtes Kleid in einen Seesack aus Leinen, der meinen märchenhaften Vorstellungen mehr entsprach, dessen einzelner Tragegurt mir jedoch sogleich und von nun an jeden Tag schlimmer in die Schulter schnitt. Mit diesem Sack auf dem Rücken durchquerte ich den Garten meiner Eltern, stieg den Abhang hinab, der den Garten von einem Naturschutzgebiet trennte, ging durch ein grünes Tal und über eine Brücke und dann einen andern Abhang wieder hinauf und immer geradeaus. Ich begegnete nur wenigen Menschen und niemandem, den ich kannte. Zwei Stunden später hob ich an einer Landstraße den Daumen, wie ich das auf einem Foto im STERN gesehen hatte, und ein weißer Volvo nahm mich mit.

Das Gute an der Sache war, daß ich mir über nichts mehr Gedanken zu machen brauchte. Ich existierte bloß und tat, was gerade anlag: einen Wagen anhalten, etwas zu essen schnorren oder nach einer Schlafgelegenheit Ausschau halten. Es war einfach. Ein Schritt ergab den nächsten. Die Nächte verbrachte ich unter Autobahnbrücken, in einer Höhle, einem Gestrüpp oder in einem halbfertigen Neubau. Während dieser Nächte wachte ich allerdings mindestens siebenmal frierend auf, und morgens erwartete ich zitternd den Sonnenaufgang. Ich hatte etwa zweihundert Mark bei mir, die mir in einem kleinen Beutel um den Hals hingen. Um den Geldbeutel zu verbergen, hatte ich mir ein grünes Tuch darübergebunden. Ich versuchte, so weit wie möglich nach Süden zu kommen. Kein Mensch kontrollierte an den Grenzen meine Papiere. Meistens fuhr ich in Lastwagen mit.

Und immer die LKW-Fahrer und ihr Geschwafel über Sex. Immer wollten sie über Sex reden. Immer fingen sie mit der Frage an, ob ich denn keine Angst hätte. Immer sah man ihnen an, wie sehr sie sich wünschten, daß ich Angst hätte. Immer hatte ich Angst. Immer sagte ich: nein. Und sie immer: Sex, Sex, Sex. Als hinge ihr Leben davon ab. Und mein Leben hing möglicherweise davon ab, so zu tun, als verstünde ich ihre Fragen nicht, oder gleich wieder auf ein harmloses Thema überzuleiten. Es war ungeheuer anstrengend.

Einer sagte zu mir, daß eine Frau von 35 Jahren im Bett viel besser wäre als eine 16jährige.

»Du willst wissen, warum?« fragte er.

Nein, wollte ich überhaupt nicht wissen. Aber er sagte es mir trotzdem:

»Was machst du, wenn du gekommen bist? Dann schiebst du doch die Hand deines Freundes zur Seite, nicht? Aber eine 35jährige, die will mehr und immer mehr. Darum ist es mit ihr besser.«

So redete er weiter und immer weiter, bis wir nach Lyon kamen. Es war früher Abend. Der Lastwagenfahrer steuerte in eine Sackgasse, die auf einem sandigen Parkplatz endete. Er ließ mich hinaus und sagte, ich solle warten. Er müßte den LKW auf einem anderen Parkplatz abstellen, und dann würde er zurückkommen und mich zum Essen einladen. Ich war nicht besonders scharf darauf, mit ihm zu essen, aber ich wartete tatsächlich. Merkwürdig. Ich kann nicht sagen, warum ich das tat. Vielleicht hatte ich Angst, er könnte gerade dann auftauchen, wenn ich mich fortmachen wollte. Vielleicht wartete ich bloß, weil er gesagt hatte, daß ich es tun sollte. Jedenfalls stand ich mindestens eine halbe Stunde auf dem sandigen Parkplatz herum und dachte über den bisherigen Verlauf meiner Flucht nach. Ich hatte nicht mehr viel Lust, so weiterzumachen. Es ergab keinen rechten Sinn. Aber es machte auch keinen Sinn, jetzt schon umzukehren. Der Lastwagenfahrer kam nicht wieder. Als die Sonne sich langsam orange färbte, schulterte ich meinen Seesack und ging los. Ich war erleichtert, daß er mich versetzt hatte, und beschloß, mir für diese Nacht ein Bett in einer Jugendherberge zu leisten.

Die Straße wurde auf jeder Seite von einer zwei Meter hohen Bretterwand begrenzt. Graugestrichenes Holz voller uralter, verblichener Anschläge, rosa und gelb, halb abgerissen, unleserlich, Feste und Veranstaltungen, die schon vor Monaten stattgefunden hatten. Ein Auto verlangsamte neben mir und hupte. Als ich hinschaute, ließ der Fahrer das Lenkrad los, beugte sich aus dem Fenster und formte mit Zeigefinger und Daumen der einen Hand einen Kreis, in den er den Zeigefinger der anderen Hand steckte. Er lachte und fuhr weiter.

Die Bretterwände endeten, die Straße verbreiterte sich und mündete in eine größere, vierspurige, in deren Mitte es einen Grünstreifen voller mickriger verstaubter Laubbäume gab. Unter den wenigen Menschen, die mir begegneten, war keine einzige Frau. Auch die beiden Kinder, die mir ein Stück hinterherliefen, waren Jungen. Sie riefen mir etwas zu, das ich nicht verstand, ein Kompliment oder eine Unverschämtheit. Sie schnalzten mit den Zungen und machten: »Oh, là, là!«

Ich wußte überhaupt nicht, in welche Richtung ich gehen sollte. Auf der Gegenfahrbahn rollte ein einsamer Autofahrer in seinem klapprigen Peugeot vor sich hin. Er schaute zu mir herüber, dann beschleunigte er, wendete am Ende der Verkehrsinsel, kam zurück, bremste neben mir. Ich fragte ihn, wo die Jugendherberge sei. Ja, er wußte, wo die Jugendherberge war. Er stieg aus und hielt mir die Beifahrertür auf. Ich wollte nicht einsteigen, aber er schnappte sich einfach meinen Seesack und drückte ihn über die Vordersitze auf die Rückbank. Ich hatte Angst, daß er mich bestehlen wollte, also stieg ich ein, griff nach hinten und wickelte mir den Tragriemen des Sacks um die Hand. Der Mann fuhr sehr schnell. Er bog mehrmals ab. Ich fragte noch einmal:

»Zur Jugendherberge?«

»Ja, ja, zur Jugendherberge.«

Er bog in eine kleine Straße ab, dann in eine noch kleinere und dann in die Durchfahrt zwischen zwei verwahrlosten Mietshäusern. Er parkte den Peugeot auf dem Hof und hupte. Aus mehreren Fenstern beugten sich Männerköpfe. Als der Fahrer ausstieg und etwas zu ihnen hochrief, riß ich den Seesack vom Rücksitz und stieß die Wagentür auf. Sie ließ sich nur einen Spalt weit öffnen, weil das Auto an einer Mauer geparkt war, aber ich quetschte mich hinaus und konnte auch den Sack nachziehen. Ich rannte los, aus dem Hof, auf die Straße. Der Seesack pendelte auf meinem Rücken. Ich hörte den Peugeot wiederkommen. Er fuhr neben mir her, der Mann schrie etwas und gestikulierte. Ich sah stur geradeaus und lief einfach immer weiter. Ich lief und lief, und der Peugeot blieb die ganze Zeit an meiner Seite. Als ich schließlich einen Polizisten entdeckte, war ich beinahe erleichtert. Er trug dieses französische Polizistenkäppi und war vielleicht zweihundert Meter entfernt. Ich lief direkt auf ihn zu, als hätte ich das reinste Gewissen der Welt. Der Mann im Peugeot mußte den Polizisten auch entdeckt haben, denn plötzlich gab er Gas und zog vorbei. Ich wechselte den Seesack von der linken auf die rechte Schulter und bog in die nächste Nebenstraße ein. Sie führte genau auf eine Kaserne zu. An diesem Tag hatte ich aber auch wirklich Pech. Während ich abbog, sah ich noch, wie der Peugeot neben dem Polizisten hielt, wie der Fahrer ausstieg und den Polizisten umarmte. Er umarmte ihn tatsächlich. Sie küßten sich auf die Wangen. Dann stieg der Fahrer wieder in sein Auto und kam zurück. Ich lief zum Kasernengelände. Auf einem eingezäunten Platz standen mehrere junge Männer herum. Teilweise waren sie in Uniform, teilweise trugen sie bloß weiße Hemden, die sie in die Hosen gestopft hatten. Sie rauchten oder kratzten sich auf eine sehr lässige Art am Hals und blinzelten in die Abendsonne. Ich warf meinen Seesack über den niedrigen Zaun und sprang hinterher.

»Ich werde verfolgt«, sagte ich. »Dieser Mann fährt die ganze Zeit hinter mir her und verfolgt mich.«

Ich muß diesen Satz auf französisch gesagt haben. Ich könnte jetzt nicht übersetzen, was »verfolgen« auf französisch heißt, aber damals muß ich es noch gewußt haben.

Der Peugeot hielt mit laufendem Motor direkt vor der Kaserne. Zwei der Soldaten flankten über den Zaun und gingen hin. Der Fahrer sprach durch das geöffnete Seitenfenster mit ihnen. Er lachte. Da drückte ihm einer der Soldaten die flache Hand ins Gesicht und stieß seinen Kopf zurück ins Wageninnere. Jetzt endlich wendete der Mann sein Auto und verschwand. Die beiden Soldaten kamen zurück. Ich hob meinen Seesack auf und dankte ihnen. Sie gaben mir die Hand, und ihre Hände waren warm und trocken.

Ich setzte meinen Weg fort, ohne zu wissen, wohin. Ich wagte nicht mehr, jemanden nach der Jugendherberge zu fragen, und sah mich nach einer abgelegenen Grünfläche oder einem Schuppen für die Nacht um. Der Tragriemen schnitt giftig in meine Schulter. Es war schon fast dunkel und der Himmel blauschwarz, mit einem klaffenden orangen Riß darin. Die Straße, auf der ich jetzt lief, verengte sich, und bald war sie auch nicht mehr beleuchtet. Ich ging auf acht oder zehn kleine weiße Häuser zu, die in einigem Abstand voneinander am rechten Straßenrand standen. Dahinter schien die Gegend nicht mehr bebaut zu sein. Als ich mich dem ersten Haus näherte, bemerkte ich das warme, gelbe Licht, das von ihm ausging. Die Ursache erkannte ich, als ich davor stand. Zur Straße hin hatte das Haus keine Wand. Wie eine Weihnachtskrippe. Es war eine leuchtende Höhle, und in dieser Höhle gab es ein Regal voller Flaschen, einen Tresen, drei oder vier kleine Tische und ungefähr fünfzehn schwarzhaarige Männer. Ich sah nur kurz hin. Ich versuchte, vorbei zu sein, bevor sich jemand zu einer Reaktion aufgerufen fühlen konnte. Aber sofort lösten sich zwei

Männer vom Tresen, schrien mir etwas zu und liefen mir hinterher. Ich begann zu rennen. Ich dachte nicht, daß sie mich lange verfolgen würden. Sie hatten ihre halbvollen Gläser auf dem Tresen stehen. Irgendwann würden sie sich albern vorkommen. Ich sah über meine Schulter, an dem hüpfenden Seesack vorbei, und da rannten sie, schrien und versuchten mich einzuholen. Ein kleiner, schlanker Mann und ein dicker Riese, ein Monstrum. Ich mußte diesen Sack noch tragen, aber ich lief trotzdem schneller; ich hatte mehr Grund zu rennen. Als ich auf das zweite weiße Haus zulief, sah ich, daß auch von ihm dieses satte gelbe Licht ausging. Ich hob meinen Kopf, kniff die Augen zusammen und schaute die Straße entlang. Alle diese kleinen Hütten verströmten dasselbe Licht. Alle waren zur Straße hin offen. Es waren alles Kneipen, jede einzelne wahrscheinlich voller Männer. Wenn ich hier weiter entlangrannte, dann würden aus jeder dieser Kneipen zwei oder drei Männer herausspringen, und bald würde eine ganze Traube hinter mir herrennen, und wenn sie mich einholten, dann würden sie zu lange grundlos gerannt sein, um sich noch daran zu erinnern, daß es Gesetze gab, deren Übertretung Ärger bringen konnte. Die beiden hinter mir hatten einen Vorzug, sie waren bloß zu zweit. Ich blieb stehen, nahm den Sack von der Schulter und drehte mich langsam um. Ich ging ihnen sogar ein Stück entgegen. Ich keuchte. Die beiden keuchten auch. Keuchend blieben wir voreinander stehen. Der Riese war gar nicht so groß. Vielleicht 1,90 m. Möglicherweise auch noch kleiner. Aber er war sehr breit und massig. Gewaltige Arme und Beine und ein dicker, aber fester und muskulöser Körper. Er hatte einen schwarzen Vollbart. Er erinnerte mich an einen damals beliebten Schauspieler. An Bud Spencer. Sein richtiger Name war, wie ich sogleich erfuhr, Karim. Sein Freund hieß Rafik. Er war wesentlich kleiner. Er war noch kleiner als ich, beinahe zart und erstaunlich hübsch. Ein Haufen langes schwarzes Haar und ein perfektes, ebenmäßiges Gesicht. Kinn, Nase, Wangenknochen, Augenbrauen, Stirn – alles war sanft geschwungen und gebogen und paßte genau zueinander.

»Komm«, sagte Rafik, »wir laden dich zu etwas zu trinken ein. Begleite uns. Was willst du trinken?«

Ich fand auch, daß das, was jetzt kommen würde, leichter zu ertragen war, wenn wir taten, als wäre ich freiwillig dabei. Während ich mit ihnen zu der ersten Spelunke zurückging, überlegte ich bereits, wie ich meine Lage noch verbessern könnte. Ich beschloß, mich an Rafik zu halten und ihn zu bevorzugen, damit ich wenigstens den Dicken vom Hals hatte.

Wir bauten uns vor dem Tresen auf. Karim orderte irgendeinen Schnaps für mich, und ich nahm das Glas und stellte mich damit neben Rafik. Rafik hätte genausowenig gegen Karim oder einen der anderen Männer ausrichten können wie ich. Trotzdem ließen die mich jetzt in Ruhe. Es war in Ordnung, wenn Rafik mich bekam. Kaum daß die Männer an den Tischen von ihren Getränken aufgesehen hatten, als wir hereinkamen. Sie konnten es nur nicht aushalten, wenn ich allein herumlief.

Ich glaube, ich war erleichtert. Wie ein gesuchter Bankräuber erleichtert ist, wenn man ihn endlich schnappt. Es hätte auch viel schlimmer kommen können. Rafik sah wirklich ungewöhnlich gut aus. Er fragte, wo ich schlafen wolle.

»In der Jugendherberge«, sagte ich und trank meinen Schnaps. Ich erwartete nicht, daß er mich dort hinbringen würde.

»Du kannst bei mir schlafen«, sagte Rafik. Er wollte noch etwas hinzufügen, wollte mir beteuern, daß ich mich ganz sicher fühlen könne, daß er mich auf keinen Fall anfassen würde. Ich unterbrach ihn.

»Ja«, sagte ich, »danke.«

Rafik und Karim tauschten einen Blick. Rafik fragte, ob wir gleich gehen sollten, und ich nickte. Er lud sich meinen

Seesack auf. Die Männer saßen an ihren Tischen und sahen in ihre Getränke.

Schweigend ging ich mit Rafik die jetzt stockdunkle Straße wieder zurück. Nach einem Kilometer kam die erste Straßenlaterne. Zwischen zwei erstaunlich hohen Masten baumelte eine Lampe an einem Draht, die alles, was ihren Lichtkegel kreuzte, in ein gespenstisches, schimmeliges Grün tauchte. Ich sah Rafik an, wie er vornübergebeugt den Sack schleppte. Irgendwo hatte ich dieses Bild schon einmal gesehen, und dann fiel es mir ein. Es war eines der Zigaretten-Bilder aus dem Märchenbuch. Das vorletzte. Die Bauern, die sich dem Rattenkönig Birlibi verschworen hatten und im Mondlicht seine Getreidesäcke in den Wald trugen. Ich blieb ein bißchen zurück und überlegte, ob ich nicht doch noch fortkönnte. Wir waren ganz allein auf der Straße. Niemand würde Rafik zu Hilfe kommen. Ich mußte nur schnell genug laufen. Aber obwohl ich mein ganzes Geld am Körper trug, brachte ich es doch nicht über mich, ihm meine schäbigen Habseligkeiten zu überlassen.

»Laß mich mal den Sack tragen«, bot ich scheinheilig an. Rafik schüttelte bloß den Kopf und ging einfach weiter, tauchte in den Lichtkegel der nächsten Straßenlaterne ein und nahm abermals diese verschimmelte Farbe an. Plötzlich erschien es mir viel wahrscheinlicher, daß er es gar nicht auf mich abgesehen hatte, sondern auf meine Sachen. Er ging immer schneller, aber ich ließ mich nicht abhängen. Alle fünfzig Meter fiel so ein Lichtkegel auf die Straße und ließ uns grün aufleuchten, bevor wir wieder in die Dunkelheit eintauchten.

Wir bogen ein paarmal ab, und dann kamen wir an zwei große, merkwürdige Häuser. In meiner Erinnerung sind sie mindestens sechs Stockwerke hoch. Sie waren uralt und braun und hatten spitz zulaufende Dächer. Ihre Silhouetten sahen aus wie riesige Windmühlen ohne Flügel. Durch eine hohe, schwere Kirchentür traten wir in eines der Häuser ein. Im Flur war es kühl und feucht. Rafik schaltete das Licht an. An einer bröckelnden Decke hing eine Glühbirne, und der Mörtel, der herunterfiel, war auf dem feuchten Boden zu grauem Schlamm geworden. Rafik ging an zwei schwarzbraunen Wohnungstüren vorbei zu einem Scherengitter und schob es auf. Dahinter befand sich ein Fahrstuhl. Wir fuhren ein Stück aufwärts, und Rafik küßte mich, bis wir aussteigen mußten und er sich wieder den Seesack aufpackte und ihn über Treppen noch zwei Stockwerke höher schleppte. Dann ging es noch eine Art Hühnerleiter hoch, die an einer Tür endete. Dahinter war das Dachzimmer, in dem Rafik wohnte. Auch hier hing eine Glühbirne von der Decke herunter. Auf einer verwanzt aussehenden Matratze ballten sich Kopfkissen und Decke, aber kein Laken. Eine Spiegelscherbe klebte über einem gesprungenen Waschbecken. Ein Plattenspieler mit einer Box stand auf dem Boden. Überall lagen Zeitungspapier und schmutzige Wäsche herum. Knapp unterhalb des Fensters blinkte außen ein rotes Neonlicht. Die Neonreklame war in dieser Höhe ziemlich sinnlos, denn sie war an der Seite angebracht, an der sich die beiden großen Häuser eng gegenüberstanden. Von der Straße aus konnte man sie nur sehen, wenn man den Kopf in den Nakken legte. Vermutlich war sie bloß installiert worden, um die billige Trostlosigkeit des Zimmers zu perfektionieren. Rafik ging noch einmal hinaus. Die Toilette war draußen unter der Stiege. Ich nutzte die Minute, um mich umzusehen, an Flucht zu denken, diese Idee gleich wieder zu verwerfen und den Geldbeutel, den ich unter dem Halstuch verbarg, abzunehmen und in einer Mauerspalte unter dem Waschbecken zu verstecken. Als Rafik zurückkam, stieg ich selbst die Hühnerleiter hinunter. Die Toilettentür ließ sich nur schwer öffnen. Es gab zwar einen Lichtschalter, aber kein Licht. Nur das blutig blinkende Neonlicht, das durch ein kleines Fenster hereinkam. Es stank übel. Ich konnte nicht viel erkennen. Als ich einen Fuß in den Raum hineinsetzte, raschelte Papier, und etwas streifte meine Fußgelenke. Ich blieb stehen und wartete, bis sich meine Pupillen genügend geweitet hatten. Ich hatte gedacht, daß es nicht mehr viel schlimmer kommen könnte; aber das hier gab mir wirklich den Rest. Als erstes erkannte ich ein Toilettenbecken, das völlig mit Papier verstopft war. Das Papier quoll nur so aus dem Becken heraus. Zeitungspapier und Toilettenpapier. Der ganze Fußboden lag damit voll. Und zwischen dem Papier war überall Scheiße. In dem Toilettenbecken, auf dem Toilettenbecken und auf dem Fußboden. Überall. Überall lagen Scheißhaufen herum und leuchteten mit der Neonreklame rot auf.

Scheiße. Ich pinkelte dort, wo ich stand, direkt neben der Tür, und ging rückwärts wieder raus. Wenigstens war ich nicht in einen von den Scheißhaufen getreten. Wenn es darauf ankam, hatte ich eigentlich meistens Glück.

Als ich in das Dachzimmer zurückkehrte, legte Rafik eine Schallplatte auf. Irgend etwas Langsames, Verschrammeltes. Er schloß die Tür ab und nötigte mich, mit ihm zu tanzen. Er dachte wirklich, daß ich darauf Wert legte. Er war ein Idiot. Mit diesem Tanzen brachte er mich zur Verzweiflung. Es war so lächerlich. Er umarmte mich und steckte mir seine Zunge ins Ohr. Unglaublich lächerlich, das Ganze.

»Ich nehme die Pille nicht«, sagte ich, und er antwortete: »Das ist kein Problem. Ich bin Medizinstudent. Ich schreib' dir ein Rezept für die ›Pille danach‹ aus.«

Ich nahm an, daß Rafik sich einfach darauf verließ, daß ich nicht wagen würde, ihn als Lügner zu bezeichnen. Solange ich mich nicht mit ihm anlegte, blieb er immerhin noch berechenbar. Für so dämlich konnte er mich nicht halten. Oder doch. Vielleicht sah er sich selbst als einen gerissenen Verführer, der alle romantischen Erwartungen erfüllte. Möglicherweise war in seinem Wesen überhaupt nichts Ge-

walttätiges, und er würde mich – zwar zeternd und nicht so
ohne weiteres, aber schließlich doch – noch gehen lassen.
Wenn ich es nur bestimmt genug verlangte. Oder wenn ich
einfach meinen Krempel nahm und aus der Tür mar-
schierte.

Und dann? Was geschah dann? Weiß ich nicht. Ich habe es
vergessen. Wenn ich versuche, mich daran zu erinnern, dann
ist es wie in einem dieser Filme, in denen die Kamera im
entscheidenden Moment fortschwenkt und statt dessen eine
Blumenvase zeigt oder ein Kaminfeuer. Ich meine, mir ist
schon klar, was passierte. Es gehört auch nicht besonders
viel Phantasie dazu, es sich vorzustellen. Ich weiß bloß die
Einzelheiten nicht mehr, nicht was ich sah, roch, hörte oder
fühlte. Mir ist nicht ganz klar, was es für einen Sinn machen
soll, etwas zu vergessen, das man sich sowieso an fünf Fingern abzählen kann. Viel lieber würde ich vergessen, was ich
hinterher zu Rafik sagte. Aber diesen Satz traue ich mich
bedauerlicherweise immer noch zu erinnern. Ich sagte:
»Weißt du, daß es das erste Mal war, daß ich mit einem
Mann geschlafen habe?«
    Ich erhielt die Antwort, die ich verdiente:
»Dann habe ich dich heute zur Frau gemacht.«

Es klopfte an der Tür. Jemand rüttelte an der Klinke. Stimmen. Rafik legte den Zeigefinger auf die Lippen. Erneutes
Klopfen. Dann wurde die Tür eingetreten und sprang aus
den Angeln. Karim polterte herein. Hinter ihm kam ein
schlaksiger, braunhäutiger Junge mit einer Afrofrisur ins
Zimmer. Rafik stellte ihn mir als seinen Cousin vor. Ich war
immer noch nackt. Ich hatte bloß diese schmuddelige Bettdecke. Mir war klar, daß ich in Schwierigkeiten steckte.
Mein einziger Pluspunkt war, daß sie die Tür nicht mehr
abschließen konnten. Ich probte im Kopf den Fluchtweg.
Am Waschbecken vorbei. Dabei das Geld aus dem Mauer-

spalt ziehen. Dann die Klamotten greifen, und raus. Rafik stand auf und zog seine Jeans an. Karim und der Cousin lehnten die Tür gegen eine Wand. Dann setzten die drei sich in eine Ecke des Zimmers. Sie rauchten und flüsterten leise miteinander. Hin und wieder sahen sie zu mir herüber. Ich hätte mich auch gern angezogen. Aber ich hatte das verfluchte Gefühl, daß sie sofort rüberkommen würden, wenn ich nur den kleinen Finger bewegte. Also tat ich, als wenn ich schliefe, und beobachtete sie durch gesenkte Wimpern. Am Waschbecken vorbei. Das Geld. Die Kleider. Und den Seesack! Alles durch die Türöffnung werfen, und raus. Karim holte eine Flasche aus seiner Manteltasche. Er war bereits ziemlich betrunken. Alle drei tranken aus der Flasche. Sie redeten. Tranken. Sie sahen immer seltener zu mir herüber. Wenn sie gar nicht mehr hersahen, dann: Waschbecken, Kleider, Seesack, Tür. Und sofort springen! Nicht die Hühnerleiter runterklettern! Wenn ich sprang, würde ich einen Riesenvorsprung kriegen. Karim redete immer lauter. Ich mußte irgendwie an meine Hose kommen. Wenn ich erst meine Hose anhatte, würde ich mich gleich viel besser fühlen. Karim brüllte etwas zu mir herüber. Er hatte mich nicht vergessen. Er schlug Rafik mit einer Hand andauernd auf den Kopf und auf die Schultern, und mit der anderen Hand fuchtelte er in meine Richtung und brüllte, ob ich überhaupt wüßte, wer Rafik sei. Ob ich davon überhaupt eine Ahnung hätte. Ob ich überhaupt wüßte, daß er der Anführer einer algerischen Terroreinheit sei. Überall gesucht. Daß er der Anführer bei diesem Anschlag gewesen sei, von dem ich ja wohl gehört hätte. Ob ich das wüßte! Ich setzte mich auf, die Decke unter die Achseln geklemmt. Ich wußte nicht einmal, daß es algerische Terroristen gab. Außerdem hatte ich gerade andere Sorgen. Karim torkelte nämlich herüber und setzte sich zu mir auf die Matratze. Er schob seine Hand unter die Decke. Ich schob seine Hand wieder zurück. Er knuffte mich unwillig in den Magen. Ich ballte meine Faust und schlug sie ihm mit aller Kraft ins Gesicht. Dann versuchte ich zu meinen Kleidern zu hechten. Als nächstes erinnere ich, wie er über mir war, wie die Prügel auf mich einhagelten, wie Rafik und der Cousin sich an Karim klammerten und ihn zu beschwichtigen versuchten. Sie richteten überhaupt nichts aus. Karim schlug einfach weiter auf mich ein, während sie an seinen Armen hingen. Ich spürte kaum etwas. Irgendwann gelang es mir, mich herauszuwinden. Ich griff mir meine Kleider und den Seesack, warf sie durch die Türöffnung und sprang hinterher. Ich fiel auf den Sack. Einigermaßen weich. Das Geld unter dem Waschbecken schrieb ich ab. Karim schrie, daß er mich umbringen würde. Ich zog meine Hose, mein Hemd und meine Jacke an. Rafik warf mir meine Stiefel herunter. Er stand im Türrahmen und redete auf Karim ein und hinderte ihn daran herauszukommen. Das gelang ihm auch nur, weil Karim zu betrunken war, um noch das Gleichgewicht zu halten. Ich schnappte mir den Sack und rannte die Treppen herunter. Jemand schaltete das Flurlicht an. Ich hoffte, daß es nicht Karim war. Treppen, Treppen. Dann war ich unten. Aber ich kam nicht raus. Die Haustür war abgeschlossen. Ich wagte nicht, mitten in der Nacht an einer der Wohnungstüren zu klingeln. Dafür war ich mir nicht sicher genug, daß Karim mich umbringen wollte. Mit einem lauten Klack ging das Licht aus, und ich war von absoluter Schwärze umgeben. Ich lehnte mich gegen eine Wand. Sie war feucht. Ich rutschte mit meinem Rücken langsam daran herunter, bis ich auf meinem Seesack saß. Das Wasser aus der Wand rann mir in den Kragen hinein und lief meinen Rücken hinab. Ich rührte mich nicht. Ich starrte bloß in die Finsternis und wartete. Nach einer langen Zeit ging das Licht wieder an, und ich hörte Schritte auf der Treppe. Ich hoffte, einer der anderen Mieter wäre herausgekommen und würde die Tür aufschließen. Aber es war nur Rafik. Er sagte, ich solle wieder zu ihm hochkommen.

»Karim schläft jetzt«, sagte er. »Er ist bloß betrunken. Sonst ist er nicht so. Und das mit dem Terroranschlag ist Quatsch. Er ist betrunken. Er hat gelogen. Du darfst ihm nicht glauben!«

Ich konnte mich immer noch nicht für das Thema interessieren. Und ich wollte auch nicht wieder hochgehen. Da zog mir Rafik den Seesack unter dem Hintern weg, packte ihn auf seinen Rücken und stapfte wieder die Treppe hoch. Ich hinterher.

Karim schlief nicht. Er stand im Türrahmen, brüllte und versuchte, mir von oben ins Gesicht zu treten. Er war ungeheuer wütend. Sein ganzer Bart war voller Spucke. Vielleicht war der Faustschlag, den ich ihm verpaßt hatte, doch nicht so erbärmlich gewesen, wie er es aller Wahrscheinlichkeit nach nur gewesen sein konnte. Aber vielleicht wurde Karim auch nur sehr leicht wütend. Vielleicht hatte er bloß darauf gewartet, wegen irgend etwas wütend werden zu können. Schließlich gelang es Rafik und seinem Cousin, ihn wegzudrängen und mich hereinzulotsen. Ich setzte mich wieder auf die Matratze. Karim saß in der gegenüberliegenden Zimmerecke, starrte mich an und zog seinen Zeigefinger wie ein Messer langsam über seine Kehle.

»Er ist völlig betrunken«, sagte Rafik. Dann löschte er das Licht. Ich hörte, wie er und sein Cousin die Schuhe abstreiften und sich auf dem Zeitungspapier ausstreckten. Ich ließ mich leise von der Matratze gleiten, kroch mit der Bettdecke durch die Dunkelheit und legte mich ein paar Meter entfernt auf den Boden. Für alle Fälle.

Als ich am nächsten Morgen erwachte, waren Karim und der Cousin fort. Ich öffnete den Seesack und sah nach, ob sie etwas gestohlen hatten. Ich hatte nicht sofort den kompletten Überblick, aber der Reisepaß und das grüne Kleid waren auf jeden Fall weg. Ich weckte Rafik, der in eine Wolldecke gerollt in der Zimmermitte lag.

»Mein Paß und mein Kleid sind weg«, sagte ich. »Ich will sie wiederhaben.«

Rafik gähnte.

»Wo hast du sie denn hingetan?«

Er wickelte sich aus seiner Decke, krabbelte auf dem Boden herum und fing an, die Matratze, die schmutzigen Wäschestücke und Lappen und das Zeitungspapier, das auf dem Boden lag, einzeln hochzuheben. Er fand das grüne Halstuch und reichte es mir. Ich band mir das Tuch um und schaute ihm noch eine Weile zu, wie er da herumkroch. Als er gerade woanders hinsah, zog ich meinen Geldbeutel aus dem Versteck unterm Waschbecken, hängte ihn mir um und zog das Halstuch darüber. Dann schnürte ich den Seesack zu.

»He«, sagte ich. »Was ist denn jetzt mit dem Rezept?«

Ich wollte hören, wie er sich da herausreden würde.

»Oh, das Rezept«, sagte Rafik. »Du brauchst dafür kein Rezept. Du kriegst die ›Pille danach‹ in jeder Apotheke. Ganz einfach. Kein Rezept. Ich kann dir natürlich trotzdem eins schreiben.«

Er kritzelte etwas auf einen Zettel, den er von einem Notizblock abriß. Ich faltete den Zettel sorgfältig und steckte ihn ein.

Das Merkwürdigste an meinen Erinnerungen sind die Gespräche, die ich geführt haben will. Es ist mehr als zweifelhaft, daß ich jemals so gut Französisch gesprochen oder auch nur verstanden haben soll, daß man sich in dieser Sprache mit mir über Terroranschläge oder ungesunde Verhütungsmethoden unterhalten konnte. Trotzdem erinnere ich mich an diese Gespräche. Ohne die Wörter zu wissen.

»Eh bien«, sagte ich möglicherweise zu Rafik, schulterte den Sack, ließ mich auf die Wangen küssen und ging die Treppen hinunter.

Diesmal konnte ich die Haustür öffnen. Die Sonne schien hell, und es wehte ein bißchen. Auf der Straße war jetzt ziemlich viel Betrieb. Autos. Leute. Lärm. Ganz anders als in der Nacht. Ich ging ein Stück geradeaus. Niemand beachtete mich, niemand verfolgte mich. Ich blieb stehen, ließ den See-sack zu Boden gleiten und sah mich um. Ein Mann mit einer Plastiktüte hastete zum Bus. Eine Frau mit Kopftuch kaufte Pfirsiche an einem Obststand. Unter einem geöffneten Fen-ster, aus dem orientalische Musik quoll, tauschten zwei kleine Mädchen Kaugummi-Bilder. Ich hob den Sack wieder auf meine Schulter.

Im tiefen Schnee
ein stilles Heim

Wenn ich die letzte Woche nicht mitrechne, ist mein Leben völlig ereignislos gewesen. Still, gleichförmig und konturenlos ist es gewesen – wie der Schnee, der zwei Meter hoch vor dem Haus liegt und alles weich unter sich erstickt. So viel Schnee ist gefallen, daß er inzwischen mit Lastwagen aus dem Dorf herausgefahren werden muß. Es gibt keinen Platz mehr, wo man ihn noch hinschaufeln könnte. Trete ich aus der Tür, so gehe ich zwischen weißen Wänden, gehe einen Weg, den andere für mich freigelegt haben. In den Wald kommt man nur noch ein kleines Stück und sehr mühsam hinein. Viele Zweige, auch große Äste sind unter der Schneelast gebrochen. Man versinkt dort bis über die Hüften. Selbst die Hunde haben keinen Spaß mehr daran. Wenn es nicht schneit, ist der Himmel wie Beton. Nein, ich habe überhaupt nichts zu erzählen, sieht man einmal von der letzten Woche ab.

Am Dienstag der vergangenen Woche, etwa morgens um vier, wachte ich davon auf, daß heißes, geschmolzenes Plastik von der Decke tropfte und sich in meine Haut fraß. Ich fuhr hoch und griff nach meinem Arm, hustete und sah mich benommen um.

Alles brannte, selbst das Bett, in dem ich lag. Ich sprang auf und lief barfuß hinaus, erst ins Wohnzimmer, wo der frische Tapetenkleister auf den Wänden kochte und zischte und wo es so heiß war, daß jeder Atemzug weh tat, und dann auf den Flur. Im Flur hing ein Kalender. Sein letztes Blatt, das die Rocky Mountains zeigte, rollte sich auf, verkohlte und flog mir ins Gesicht. Alles in einer einzigen Sekunde. Ich roch den Gestank des Sofas, das mit Roßhaar gestopft war und qualmte, ich hörte, wie sich auf der Straße die Feuerwehrsirenen näherten; und ich war doch die ganze Zeit überzeugt zu träumen, wieder einmal von einem Brand zu träumen.

Obwohl alles, wirklich alles, was ich besessen hatte, verbrannt war – selbst der Pyjama, den ich trug, hatte große Löcher –, fühlte ich mich deswegen nicht besonders unglücklich. Vielleicht war das sogar die beste Lösung. Ein paar Wochen vorher war meine Mutter gestorben. Einfach so. Lag morgens tot im Bett. Ich war ihre einzige Tochter, das einzige Kind. Bei den Unannehmlichkeiten, die eine Beerdigung immer mit sich bringt, half Onkel Henri, der Mann von Tante Esrom, mir. Er sorgte auch dafür, daß ich den Mietvertrag übernehmen konnte, und zeigte mir, wie man Geld von einem Konto abhebt, was nicht so kompliziert war, wie ich gedacht hatte. Aber dann geriet alles in Unordnung.

Meine Mutter und ich hatten uns die Hausarbeit immer geteilt. Ich hatte gekocht, das Geschirr gespült und das Badezimmer geputzt. Meine Mutter hatte eingekauft und das Treppenhaus gemacht. Als sie starb, mußte ich diese Arbeiten auch noch übernehmen. Ansonsten verlief mein Leben kaum anders als zuvor. Morgens ging ich zur Arbeit, baute rote, grüne und gelbe aufrollbare Hundeleinen zusammen; nachmittags, wenn ich zurückkam, kaufte ich ein – das war neu. Dann kochte ich mir etwas, stellte den Fernseher zur Gesellschaft an und las beim Essen in einem Roman oder einem Tierbuch.

Von all den Pflichten, die mich immer wieder zwangen, die Wohnung zu verlassen, gefiel mir das Einkaufen noch am besten. Wenn ich nicht wußte, was ich essen sollte – und das wußte ich meistens nicht –, stieg ich auf der Rückfahrt von meiner Arbeit schon beim Aldi-Markt aus dem Bus und stellte mich darin an der längsten Schlange, die es vor den Kassen gab, an. Und während ich langsam vorrückte, suchte ich die Sachen aus den Regalen, die von Kunden, die es sich

noch einmal anders überlegt hatten, heimlich zurückge-
stopft worden waren. Fand ich im Keksregal eine Mettwurst
und bei den Zigaretten eine Dose Champignons II. Wahl,
gab es zum Abendessen Mettwurstbrot mit warmen Champignons. Du wirst eine Avitaminose bekommen, hätte
meine Mutter gesagt, die einmal Schwesternhelferin gewesen ist und gern medizinische Fachausdrücke benutzte. Als
wenn so etwas uns junge Leute interessieren würde.

Dann kam ich auf die Idee zu renovieren. Vor Jahren hatte
meine Mutter die ganze Wohnung braun streichen lassen.
Selbst das Badezimmer war hellbraun gekachelt. Aber junge
Menschen lieben doch mehr kräftige Farben, und ich bin
erst zweiundzwanzig Jahre alt. Mit der Küche wollte ich an-
fangen. Die Küche sollte orange werden. Ich kaufte drei
Rollen Rauhfasertapete und einen Eimer oranger Farbe.
Dann hängte ich die Gardinen ab und stellte die Spüle, den
Kühlschrank und das Küchenbuffet ins Wohnzimmer. Den
Herd und die Dusche mußte ich in der Küche lassen, weil ich
mich nicht an die Stromkabel herantraute. Ich wußte, wie
man renoviert. Ich hatte das im Fernsehen, in einer Ratge-
bersendung für Hobby-Bastler gesehen. Mit einem nassen
Lappen weichte ich die alten Tapeten gut ein und schabte sie
dann mit einem Spachtel von den Wänden. Manchmal kamen richtig große Stücke herunter, die die Form des Bundes-
landes Hessen hatten oder wie ein Sternschnuppenschweif
aussahen, meistens nur kleine Fitzel. Ich hatte geglaubt, ich
würde an einem Abend damit fertig sein, aber nach einer
Woche hatte ich gerade erst die Fensterseite freigelegt. Jeden
Morgen ging ich zur Arbeit, und jeden Abend kratzte ich an
meinen Wänden.

Nach dieser ersten Woche versuchte ich, ob die Tapeten
im Wohnzimmer genauso schwer abgingen. Denn in dem
Fall wollte ich mir die mühsamen Vorarbeiten ersparen und
die Wände einfach übertapezieren. Oder vielleicht wollte ich
sie auch gar nicht tapezieren: einfach nur streichen: rot – das

Wohnzimmer sollte karminrot werden. Ich kratzte ein kleines Stück hinter dem Sofa ab. Das ging ganz einfach. Ich machte weiter, und an einem Abend legte ich fast zwei Wände frei. Aber daneben klebten die Tapeten wieder genauso fest wie in der Küche. Ich hatte keine Lust, mich noch weiter zu schinden, und ließ das halbe Wohnzimmer und den größten Teil der Küche so, wie sie waren. Am nächsten Tag fing ich an, die freien Flächen neu zu überkleben und dann auch gleich zu streichen. In einem Baumarkt hatte ich mir ein dunkles, glühendes Rot mischen lassen und einen Tapeziertisch gekauft, für den im vollgestellten Wohnzimmer gerade noch Platz war. Dort sah es inzwischen schlimm aus:

Ich hatte einen Brief von meiner Vermieterin bekommen. Jemand hatte sich beschwert, daß Renovierungsabfälle nicht in den Hausmüll gehörten. Danach wagte ich nicht mehr, die Tapetenstücke einfach in die Mülltonnen zu werfen, sondern mischte sie in kleinen Portionen unter die Küchenabfälle, um sie ganz allmählich – Plastiktüte für Plastiktüte – und unmerklich für die anderen Mieter im Haus los zu werden. Erst einmal aber lagen die zerfetzten Tapeten knöchelhoch in meiner Küche, im Flur und im Wohnzimmer. Die kleinsten Stücke klebten sich unter meine Schuhsohlen, und ich fand sie überall wieder: im Badezimmer, auf dem Fernseher, selbst in meinem Bett lagen welche und in den angetrockneten Soßenresten der Töpfe und Teller, die nicht nur in der Küche herumstanden, sondern auch im Badezimmer und im Flur. Zwar konnte ich noch kochen, das schmutzige Geschirr aber nicht abwaschen, weil die Spüle nicht mehr angeschlossen war. Duschen konnte ich auch nicht mehr, weil die Dusche in der Küche stand und dort keine Gardinen mehr hingen. Jeder hätte mich nackt sehen können. Und solange es bei mir so unordentlich zuging, mochte ich auch keine frische Kleidung anziehen. Alles wurde ja gleich fleckig. Man glaubt nicht, wie schnell so etwas geht: Mein Leben lang war ich sauber und ordentlich gewesen – und plötzlich, bloß weil ich die Küche renovieren wollte, steckte ich bis zum Hals im Dreck. Irgendwann war es sinnlos geworden, die Bettwäsche zu wechseln oder die Socken. Ich fühlte mich schrecklich. Das Leben war eine einzige Last, nichts als Unbehagen. Als das Feuer ausbrach, hatte ich mich fast vier Wochen lang nicht mehr gewaschen.

Im Krankenhaus – es war dasselbe Krankenhaus, in dem meine Mutter einmal gearbeitet hatte – wurde meine Lunge geröntgt. Ich badete. Dann verband eine Krankenschwester mir die Füße und den linken Arm. Ich hatte keine Rauchvergiftung, nur leichte Brandverletzungen. In meinem Pyjama voller Löcher lag ich im Bett und fühlte mich endlich wieder sauber und wohl. Solange ich nichts anzuziehen hatte, brauchte ich das Krankenhaus auch nicht zu verlassen. Ein junger Polizist mit einem schwarzen Schnauzbart kam und sagte, daß alles, was ich besessen hatte, verbrannt sei und daß ich vorerst nicht in meine Wohnung zurückgehen dürfe. Die sei bis zur Klärung der Brandursache versiegelt. Ich fragte mich, ob vielleicht ich die Schuld am Feuer hatte und ob ich dann den ganzen Schaden ersetzen müßte. Mir wurde schlecht vor Angst. Schwester Cordula, die mir auch schon den Arm und die Füße verbunden hatte, trug ein Telefon herein und stöpselte es in die Wand. Sie legte ein Telefonbuch A-K auf das Krankenbett. L-Z hatte sie nicht finden können. Das machte nichts, denn Tante Esroms Name fing ja mit E an.

Tante Esrom, der ich zuletzt vor ein paar Wochen auf der Beerdigung meiner Mutter begegnet war, erschien im Krankenhaus mit einer Plastiktüte, in der obenauf eine hellblaue Frotteeunterhose lag und ein vergrauter BH, der nur noch einen Bügel hatte. Sie war schlecht gelaunt, weil sie schon wieder in Anspruch genommen wurde, und erwähnte gleich, daß sie nur kurz bleiben konnte, weil Onkel Henri unten im Auto auf sie wartete. Nach der löchrigen Unterhose und dem BH zog sie einen grünen Kostümrock, Größe 46, aus der Tüte. Wo mochte Tante Esrom, klein und schrumpelig, wie sie war – dehydriert, hatte meine Mutter immer gesagt –, den nur herhaben? Dabei trage ich in Rökken höchstens Größe 42. Die weiße Bluse war offensichtlich wieder aus Tante Esroms eigenen Beständen. Daß es die größte sei, die sie habe. Und fast neu. Als ich die Bluse anzog, sah das aus, als würden die Knöpfe mit den Knopflöchern fingerhakeln. Eine Strickjacke: reine Baumwolle – ein säuerliches Gelb. Sie paßte, weil ich zwar breiter, aber wenigstens nicht viel größer als Tante Esrom bin: einen Meter und vierundsechzig. Die Nylonstrumpfhose war neu, extra für diesen Anlaß gekauft; und damit ich das auch mitbekam, zog Tante Esrom sie umständlich aus der Einkaufstüte und packte sie auf dem Bett aus. Orthopädisch braun und runzlig ringelten sich die Hosenbeine über das weiße Laken. Tante Esrom legte zwanzig Mark daneben und sagte: Du siehst, Kind, ich tue für dich, was in meinen Kräften steht. Aber du weißt, Onkel Henri und ich haben nicht viel Geld. Ihr jungen Leute seid ja zum Glück so unkompliziert und kennt immer tausend Freunde. Du kannst bestimmt in einer Kommune Unterschlupf finden.

Kommune! Kommune sagt doch heute kein Mensch mehr. Wir jungen Leute sagen jetzt Wohngemeinschaft. Tante Esrom ist wirklich von gestern. Aber ich antwortete nur: ja natürlich, und war froh, als sie wieder ging. Schuhe hatte ich nicht bekommen.

Ich wickelte den angebrannten Pyjama in die Plastiktüte und klemmte ihn unter den Arm. Schwester Cordula bemerkte nicht, daß ich keine Schuhe trug, und ließ mich gehen. Draußen lag ein bißchen Schneematsch. Nach den ersten Schritten zerriß die Strumpfhose an den Sohlen. Auf durchweichten Fußverbänden schleppte ich mich zur Apotheke, um das Rezept für Brandsalbe einzulösen. Aber dann kam es mir unverantwortlich vor, gleich drei Mark für Rezeptgebühren auszugeben, wenn man nur zwanzig hat und Brandwunden doch auch von ganz allein zuheilen. Vor der Apotheke stand etwas: ein weißer Sack in einem Gestell mit dem Deckel einer Mülltonne. Auf ein Pappschild war geschrieben, daß man hier seine alten Schuhe für Bedürftige spenden konnte. Ich öffnete den Deckel und sah hinein. Ein Paar dicke, klobige Männerstiefel lagen darin. Genau das richtige für die Witterung. Mit den nassen Verbänden um meine Füße waren sie auch kaum noch zu groß. Ich setzte mich auf die Stufe vor der Apotheke und zog die Stiefel an. Die Apothekenhelferin wußte nicht, ob sie einschreiten sollte, und starrte ängstlich zu mir heraus. Ich stand schnell wieder auf und ging. Die Apothekenuhr zeigte halb drei. Ich erinnerte mich plötzlich daran, daß ich eine Arbeit hatte. Ich hätte längst anrufen müssen. Bestimmt hatte man mein Fehlen bereits bemerkt.

Ich nahm den nächsten Bus, den ich sah. Nach zwei Stationen stellte ich fest, daß er in eine völlig verkehrte Richtung fuhr. Also stieg ich wieder aus und wechselte die Straßenseite, ging zur gegenüberliegenden Bushaltestelle und sah mir den Fahrplan an. Die Namen der Stationen hatte ich noch nie gehört. Ich kannte nur die Strecke, die der Bus, der von meiner Wohnung bis zur Fabrik fuhr, zurücklegte. Das Krankenhaus lag ganz woanders. Ein junger Mann mit langen, grellblonden Haaren stellte sich neben mich und las über meine Schulter hinweg den Fahrplan. Er trug eine orange Jeansjacke und eine schwarze Lederhose, die an den Außenseiten der Beine kreuzweise geschnürt war. Ich mochte ihn nicht nach dem Bus fragen. Also ging ich zu Fuß zur Fabrik. Den Fußweg kannte ich.

An neunzehn der zwanzig Holztische saßen Frauen und drückten Plastikformen mit scharfem Knacken aufeinander oder legten Sprungfedern in weiße Gehäuse ein. Nur mein Platz, der letzte Tisch an der linken Wand, ganz hinten in der

Ecke, war leer. An der Fettpresse stand die Vorarbeiterin. Wie siehst du denn aus! Geh man gleich zum Chef durch! Auch die anderen Frauen blickten von ihrer Arbeit auf und starrten mich an.

Ich klopfte an die Tür von Herrn Bilchers Büro und wurde hereingerufen. Es tue mir leid, daß ich mich verspätet habe, aber meine Wohnung sei abgebrannt. Mir war zumute, als würde ich lügen, schlecht lügen: viel zu dick aufgetragen, das glaubt der doch nie! Ich zog den versengten Pyjama aus der Tüte und legte ihn auf den Schreibtisch. Schon gut, sagte Herr Bilcher, das sehe ich auch so. Das ist ja fürchterlich, Sie Arme! Haben Sie sich verletzt? Ihre Haare sind ja ganz verbrannt. Ich faßte an meinen Kopf. Die Haarspitzen zerbröselten unter meinen Fingern. Ob ich irgend etwas hätte retten können: Papiere, mein Scheckbuch? Haben Sie Geld? Ich zeigte auf meinen Pyjama: bloß den. Herr Bilcher holte seine Brieftasche heraus und zählte drei Hundertmarkscheine und zwei Fünfzigmarkscheine auf den Tisch. Hier, als Vorschuß auf Ihr nächstes Gehalt. Ich mußte quittieren. Wollen Sie Urlaub haben? Ich gebe Ihnen erstmal zwei Tage frei, nein drei – ich gebe Ihnen bis nach Weihnachten frei. Sie müssen sich ja eine neue Wohnung besorgen. Wissen Sie schon, wo Sie wohnen werden? Waren Sie schon auf dem Sozialamt? Na, ich würde schon selber wissen, was ich jetzt tun müsse. Also, wir sehen uns dann nach Weihnachten wieder. Alles Gute! Er reichte mir die Hand, und ich drückte sie, stand auf und ging hinaus, wieder durch die Halle mit den zwanzig Holztischen und den Arbeiterinnen, die mich anstarrten, und hinaus auf die Straße.

Inzwischen war es dunkel geworden. Meine Füße taten weh. Nicht nur die Brandblasen, auch die Hacken. Sie waren in den harten Stiefeln aufgescheuert. Zum Sozialamt, hatte Herr Bilcher gesagt. Ich wußte nicht, wo das Sozialamt war. Und selbst wenn ich davorgestanden hätte: Ämter sind groß und unübersichtlich; und natürlich gibt es kein Zimmer mit

der Aufschrift: FÜR LEUTE, DEREN WOHNUNG ABGE-
BRANNT IST. Außerdem hatte ich ja Geld. Ich konnte mir
auch ein Hotelzimmer nehmen. Ich hatte noch nie zuvor ein
Zimmer gemietet, aber ein Hotel erschien mir immer noch
weniger furchteinflößend als das Sozialamt, und der Um-
stand, daß keines der Dinge, die ich bis heute morgen besessen hatte, mehr existierte, machte mich ein bißchen leicht-
sinnig.

Ich finde es lästig, etwas zu besitzen. Ich war keineswegs
begeistert, als ich die Sachen meiner Mutter erbte. Dinge
wollen, daß man sich um sie kümmert. Ständig hatte ich
Angst, daß etwas gestohlen würde oder entzweiginge. Wir
jungen Leute sind doch oft noch recht wild und lassen leicht
mal einen Teller fallen. Statt selber etwas zu besitzen, würde
ich lieber bei jemandem wohnen, dem ein Haufen Dinge gehören und der mich diese Dinge mitbenutzen läßt.

Ich fuhr mit dem Bus bis zur Endhaltestelle und nahm die
S-Bahn in die Innenstadt, um mir ein Hotel zu suchen. Bahn-
fahren machte mir weniger Probleme als Busfahren. In jedem Abteil hingen mehrere übersichtliche Karten, auf denen
sämtliche Bahnlinien eingezeichnet waren. Ich bemerkte es
sofort, als ich mich verfahren hatte, und stieg in den Zug am
gegenüberliegenden Bahnsteig um. Am Hauptbahnhof stieg
ich wieder aus, und obwohl ich doch schon einmal in der
Stadt gewesen war, mußte ich wieder staunen, daß die Häuser hier nicht höher waren und die Straßen nicht enger und
dunkler.

Früher hatte ich nämlich geglaubt, die Stadt würde aus
lauter Hochhäusern bestehen, ungefähr so wie New York,
das ich aus dem Fernseher kannte. Ich hatte immer in der
Wohnung, die jetzt abgebrannt war, gelebt. Nie woanders.
Diese Wohnung nahm den rechten oberen Teil eines Vier-
Familien-Hauses ein und lag in einem Hamburger Vorort.
Meine Mutter hatte immer gesagt, ich solle froh und dank-
bar sein, hier draußen auf dem Lande aufwachsen zu dür-

fen. Die armen Stadtkinder seien alle anämisch und rachitisch, weil die Luft in der Stadt so schlecht sei und weil sie wegen der vielen Autos nie draußen spielen dürften. Ich stellte mir das ganz schrecklich vor, obwohl ich selbst auch oft krank war und nicht draußen spielte. An meinem zwölften Geburtstag nahm meine Mutter mich das erste Mal zu Tante Esrom und Onkel Henri mit, die zehn Kilometer entfernt in einer Hochhaussiedlung wohnten, im achten Stock. Aha, dachte ich, so sieht es also in der Stadt aus. Und je weiter man nach Hamburg hineinfährt, desto höher werden die Häuser und desto dichter stehen sie, bis man auf schmalen, düsteren Pfaden wie in Schluchten zwischen ihnen hindurchgehen muß, während von den schwarzen Häuserwänden Wasser tropft. Als ich zu meiner ersten Betriebs-Weihnachtsfeier eingeladen war und eine Kollegin mich in ihrem Auto zum Bowlingcenter in der Hamburger Straße mitnahm – das war, als meine Kolleginnen mich noch nicht so gut kannten und noch mit mir redeten und noch nicht hinter meinem Rücken über mich lachten –, als ich bei dieser Gelegenheit zum ersten Mal tatsächlich in die Stadt hineinkam, war ich sehr enttäuscht, die Straßen und Plätze so breit zu finden und die meisten Häuser nicht viel höher als jenes, in welchem ich selber wohnte.

Gleich als ich aus den Hallen des Hauptbahnhofs herauskam, sah ich schon mehrere Hotels. Aber in meiner Aufmachung wagte ich nicht, eines dieser prächtigen weißen Häuser zu betreten. Außerdem ging ich davon aus, daß sie für mich zu teuer wären. Ich wählte ein schmales, schmutziges Hotel in einer Nebenstraße, mit einer Glastür als Eingang und vergilbten Gardinen an den Fenstern. Ich fragte nach einem Einzelzimmer für eine Nacht. 90 Mark, sagte der Portier. Ich stammelte eine Entschuldigung und stolperte auf die Straße zurück. Also nicht ins Hotel. Und mir fiel auch sonst niemand ein, zu dem ich hätte gehen können.

Das ist es also, warum manche Leute Freundschaften pflegen: Wenn einem die Wohnung abbrennt, und man hat einen Freund, kann man zu dem Freund gehen und sagen: Meine Wohnung ist abgebrannt. Und der Freund sagt dann: Aber das ist doch nicht schlimm, dann wohnst du eben bei mir. Ich gebe dir auch von meinen Kleidern und von meinem Essen und von allem, was du haben möchtest. Und man kann den Freund fragen, was man jetzt tun soll, und der Freund geht dann mit einem zum Sozialamt und zeigt einem, vor welchem Zimmer man warten muß. Er kommt auch mit in das Zimmer hinein, und wenn die Sachbearbeiterin einen vertrösten will, dann sagt der Freund: Na, hören Sie mal, meiner Freundin ist die Wohnung abgebrannt, sie braucht jetzt Geld und jetzt eine neue Wohnung und neue Papiere. Da stellt die Sachbearbeiterin schnell einen neuen Personalausweis aus und zieht einen Mietvertrag aus der Schublade. Und ein Bündel Geldscheine. Es muß sehr angenehm sein, einen Freund zu haben.

Ich lief die Schaufenster der Bahnhofläden ab. Mehrmals lief ich die Halle hoch und runter. Bis ich müde wurde. Ich kaufte mir ein Sandwich mit Käse, Schinken und einem knallgrünen Salatblatt und setzte mich auf eine Bank, aß das Sandwich und blieb so lange sitzen, bis ich fror. Mir wurde auf einmal klar, daß ich vielleicht nie wieder in einer Wohnung leben würde, weil ich nicht wußte, was man dafür tun mußte, und weil es niemanden gab, den ich fragen konnte oder den ich mich zu fragen traute. Nichts würde je wieder so sein, wie es bisher gewesen war.

Als ich gerade erst angefangen hatte zu arbeiten – ich hatte die Schule zum frühestmöglichen Zeitpunkt verlassen; meine Mutter wollte es so, und mir tat es nicht leid –, als ich in der Fabrik gerade erst eingestellt worden war und die Kolleginnen mich noch nicht so gut kannten und noch mit mir redeten und sich noch nicht heimlich über mich lustig machten, fragte mich eine der jüngeren Frauen, ob ich nicht eine Wohnung mit ihr teilen wollte. Ich würde doch auch noch zu Hause leben, und sie, die Kollegin, habe da etwas an der Hand, was für sie allein aber viel zu teuer wäre. Ich erzählte es noch am selben Tag meiner Mutter. Mit deinem bißchen Geld, sagte meine Mutter. Ich wurde nach Akkord bezahlt und hatte jeden Monat ein anderes Gehalt. Aber weil ich kein eigenes Konto hatte, wurde das Geld auf das Konto meiner Mutter überwiesen, und darum wußte sie immer genau, wieviel ich verdiente. Mit deinem bißchen Geld, sagte meine Mutter. Und was ist, wenn du deine Arbeit verlierst und die Miete nicht mehr bezahlen kannst? Und was ist, wenn deine Freundin einen Kerl kennenlernt und dich nicht mehr bei sich haben will? Glaub nicht, daß du dann einfach hierher zurückkommen darfst. Wenn du erst einmal in der Gosse gelandet bist, dann kommst du da nie mehr raus. Eine Woche darauf kündigte meine Mutter ihre Stellung in dem Krankenhaus, und ich mußte von da an für uns beide verdienen, und es war nicht mehr daran zu denken, daß ich auszog.

Ich ging durch die gläserne Tür, über der REISE- UND INFORMATIONSZENTRUM stand, und stellte mich an einem Fahrkartenschalter an. Ich war noch nie mit der Bahn verreist. Ich war überhaupt noch nie verreist. Es gab so vieles, was ich noch nie getan hatte. In einem Eisenbahnabteil würde es warm sein. Ich wollte nach Süden ziehen. Dort ist es viel wärmer als im Norden. Je näher man an den Äquator kommt, desto wärmer werden die Temperaturen des betreffenden Klimagebietes. Wer keine Wohnung mehr hat, kann dort auch draußen übernachten. Ich wollte so weit nach Süden ziehen, daß niemand mich mehr finden und von mir verlangen konnte, den Schaden in der Wohnung zu ersetzen, die womöglich meinetwegen abgebrannt war. Vielleicht aber auch aus einem ganz anderen Grund – wer konnte das schon sagen. Ich schwor mir, nie wieder für Herrn Bilcher zu arbeiten. Der hatte selbst schuld, daß er mir schon im voraus

Geld gegeben hatte. Wie konnte er auch nur so dumm sein? Wohin, fragte der Fahrkartenverkäufer. Basel, sagte der Mann neben mir. Sie sind noch nicht dran, sagte der Fahrkartenverkäufer und wandte sein Gesicht mir zu. Basel, sagte ich.

Ein weißer, langer, moderner Zug. Ich ging in ein Großraumabteil und setzte mich einer alten Frau gegenüber, die verärgert ihre Beine zur Seite stellte. Ich hätte die Nähe der Alten auch gern vermieden, aber der Zug war sehr voll, und ich wollte unbedingt am Fenster sitzen. Die alte Frau zog ihren grünen Samtmantel aus. Darunter hing ihr ein wildes, totes Tier um den Hals. Ein Mädchen mit braunen Zöpfen und einer Baskenmütze setzte sich neben mich. Auf der anderen Seite des Ganges wären auch noch drei Plätze gewesen – aber nein, direkt neben mich mußte sie sich setzen!

Davon gibt es immer mehr: Leute ohne Benehmen, ohne Abstand; Leute, die sich auch im Kino direkt neben einen setzen, selbst wenn noch überall sonst freie Plätze sind. Wenn ich ins Kino gehe, besuche ich immer nur die Samstagnachmittagsvorführung und sehe mir nur die Filme an, die schon vor längerer Zeit angelaufen sind. So kann ich ziemlich sicher sein, daß sich niemand neben mich setzt. Dieses mützentragende Mädchen war auch so eine, eine von denen, die es *toll* finden – *toll, toll*, alles finden solche Typen *toll* –, keinen Zaun um ihren Garten zu ziehen, und die sich über Leute, die Sandburgen bauen, lustig machen. Solche Menschen können es nämlich nicht verstehen. Sie können nicht begreifen, daß es eine Zumutung ist, neben ihren warmen, schwitzenden Körpern sitzen zu müssen, sie schnaufen und schlucken zu hören. Sie können sich gar nicht vorstellen, daß jemand ihre knochigen oder gedunsenen Körper in Badebekleidung *nicht* sehen will. Sie mögen sich. Sie finden sich *toll* und denken, daß alle anderen sie auch *toll* finden und es besonders *toll* finden, wenn sie sich neben sie setzen.

Das Mädchen mit der Baskenmütze und den braunen

Zöpfen holte ein Stück Stoff aus ihrer Umhängetasche und begann zu sticken. Die Alte mit dem Raubtierkragen nickte anerkennend zu ihr herüber. Das gefiel ihr wohl, daß heute noch jemand dieselbe stumpfsinnige Arbeit verrichtete, mit der auch sie vor hundert Jahren ihre Jugend vertrödelt hatte. Auf der anderen Seite des Ganges saßen jetzt zwei Männer und zwei Frauen. Sie hatten alle Brillen auf und lasen. Die Männer lasen Zeitungen, die Frauen lasen in kleinen, dicken Büchern. Als wenn ihre Augen nicht schon schlecht genug wären.

Sanft und ohne Ruck setzte der Zug sich in Bewegung. Ein Schaffner kontrollierte die Fahrkarten. Ich lehnte den Kopf gegen das Fenster und sah durch mein Spiegelbild in die Dunkelheit hinaus. Bald fuhr der Zug durch Gegenden, in denen niemand wohnte, und bald durch ein Lichtermeer. Ein Ort hieß Uelzen. Man kann also auch in einem Ort wohnen, der Uelzen heißt, und vielleicht ist das sogar sehr nett. Manchmal kam uns ein anderer Zug entgegen. Beim ersten Mal erschrak ich deswegen. Ich beobachtete gerade, wie in einiger Entfernung die winzigen Scheinwerfer eines Autos ihren Weg suchten – da riß es mir plötzlich das Bild von den Augen, und laut, hell und ganz dicht fauchte eine rote Bahn mit erleuchteten Fenstern vorbei.

Einmal stand ein kleines Haus allein auf kahlem Feld, mit einem gelben Fenster darin. Jemand stand hinter der Fensterscheibe und sah hinaus, sah vielleicht auf den Zug, der vorbeifuhr, und ärgerte sich über den Lärm. Oder der Zug erinnerte ihn daran, daß es auch noch andere Orte als sein kleines Haus gab, an denen es womöglich viel lustiger zuging. Da saß ich also in einem Zug, wußte nicht einmal, wo in Deutschland ich war, und machte mir Gedanken über einen Mann, der am Fenster eines Hauses stand. (Vielleicht war es aber auch eine Frau.) Und der Mann wird nie erfahren, daß da jemand war, der ihn gesehen und über ihn nachgedacht hat. Ist das nicht seltsam? Bei Christen ist es genau umgekehrt. Christen gehen davon aus, daß ständig jemand da ist, der sie beobachtet und sich um sie kümmert.

In der Grundschule war ich das einzige Mädchen, das nicht getauft war, und Marita Timmann sagte: Dann hast du eigentlich gar keinen richtigen Namen. Meine Mutter ließ mich vom Religionsunterricht freistellen. Du brauchst nicht zu beten, sagte sie. Wenn du Sorgen hast, kannst du zu mir kommen. Natürlich wurde ich auch nicht konfirmiert und bekam keine Konfirmationsgeschenke. Ich hätte aber sowieso nicht viel Geld bekommen, weil ich außer meiner Mutter und Tante Esrom und Onkel Henri keine Verwandten hatte. Am meisten kriegte Susanne Setzefant geschenkt. Ihre Mutter war Friseurin und kannte tausend Leute. Meine Mutter und ich kannten niemanden.

Ich glaube aber doch an Gott. Ich glaube nur nicht, daß es ihn kümmert, ob jemand glücklich oder unglücklich ist. Die Gattung interessiert ihn – nicht das einzelne. Das weiß ich aus meinen Tierbüchern. ER schaut mit den Augen eines Viehzüchters auf seine Geschöpfe herunter. Sind sie überlebensfähig? Werden sie erfolgreich sein? Werden sie sich fortpflanzen? Fortpflanzung ist IHM überaus wichtig. Kinder, Kälber, Welpen, Kitze sollen seine Wesen zur Welt bringen oder wenigstens ein paar Eier, einen Klumpen Laich legen. Wie es ihnen dabei geht, ist ihm egal.

Meine Mutter lag siebzehn Stunden im Krankenhaus, bevor ich aus ihr herauskam. Sie teilte ihr Zimmer mit einer Italienerin, die ebenfalls kurz vor der Entbindung stand und jedesmal, wenn die Wehen kamen, laut schrie. Stellen Sie sich nicht so an, sagte die Krankenschwester zu der Italienerin. Und der Arzt sagte, ja, rein geht leichter als raus, nicht wahr? Was mußte die Italienerin denn auch so ein Theater machen? Meine Mutter schrie kein einziges Mal. Aber sie wurde trotzdem wie eine Hure behandelt, weil sie nicht verheiratet war. So hat sie mir das erzählt. Morgens, um 4 Uhr

12, bin ich zur Welt gekommen, und die Krankenschwester war wütend, daß sie so lange aufbleiben mußte.

Allmählich wurde ich müde. Mein Kopf lehnte immer noch an seinem Spiegelbild, aber ich sah nicht mehr hinaus. Ich fuhr mir mit der Hand durch die Haare und roch an meinen Fingern, atmete den Brandgeruch ein, der an ihnen haftete, und irgendwann schlief ich ein.

Als ich wieder aufwachte, hielt der Zug. Auf einem Bahnhofsschild stand: Basel-Bad. Die alte Frau und das Mädchen mit der Baskenmütze waren fort. Ich sprang schnell hoch und stieg aus. Der Zug fuhr wieder ab, und da stand ich ganz allein auf dem Bahnsteig und merkte, daß etwas schiefgelaufen war. Ich vertiefte mich in die Fahrpläne, und wenn ich sie richtig verstand, so war ich eine Station zu früh ausgestiegen und noch gar nicht in Basel. Außerdem hatte ich die Plastiktüte mit meinem Pyjama im Zug liegengelassen. Als ich aus dem Bahnhof hinausgehen wollte, sah ich ein großes Schild mit der Aufschrift: ZOLL. Da fiel mir ein, daß ich gar keine Papiere bei mir hatte. Die waren doch alle verbrannt. Und Basel liegt im Ausland, nämlich in der Schweiz. Man braucht Papiere, wenn man in die Schweiz einreisen will. Der Bahnhof hatte mehrere Bahnsteige, die durch einen weiß gekachelten Gang miteinander verbunden waren. Von dort führten Treppen zu ihnen herauf. Ich ging den gekachelten Gang wieder zurück und beschloß, den ersten Zug zu nehmen, der von hier aus nach Deutschland zurückfuhr. Ich las die Fahrpläne durch, die in dem leeren, unheimlichen Gang hingen. So ein Fahrplan ist ganz einfach geordnet: Da steht die Uhrzeit und wohin der Zug fährt und von welchem Gleis. Es ist wirklich ganz einfach. Ich ging die nächste Treppe hoch zu einem Bahnsteig, setzte mich auf eine Bank und wartete und fror. Denn obwohl Basel doch weiter südlich liegt, war es hier viel kälter als in Hamburg. Als der erste Zug einlief, schlief ich und wachte auch nicht auf, als er wieder abfuhr. Als der zweite und dritte Zug abgefahren war, schlief ich immer noch. Dann weckte mich ein Mann, der eine blaue Uniformjacke trug. Wer weiß, vielleicht wäre ich sonst erfroren und gar nicht mehr aufgewacht. Mit steifen Gliedern stand ich auf, und weil schon wieder ein Zug eingelaufen war, stieg ich in eines seiner leuchtenden Abteile.

So kam ich nach Lörrach. Es war an einem Vormittag, und es war nicht nur viel kälter als in Hamburg, sondern es lag auch noch überall Schnee. Die Geschäfte waren weihnachtlich geschmückt. Über den Straßen, zwischen den Häusern, spannten sich Ketten, an denen graue Glühbirnen hingen. Eiskristalle, Glocken und Sterne aus grauen Glühbirnen. Ich war immer noch steif und verschlafen und hatte einen pelzigen Geschmack im Mund. Ich fror in meiner dünnen, engen Bluse, der gelben Baumwolljacke und dem viel zu großen Rock. Nur meine Füße hatten es in den dicken Stiefeln schön warm, taten aber so weh, daß ich inzwischen humpelte. Der Anblick der festlichen Straßen munterte mich etwas auf, obwohl wir jungen Leute uns ja eigentlich gar nichts mehr aus Weihnachten machen. Vor den Schaufenstern drängten sich die Menschen, reckten sich, ruckten mit ihren geschwollenen Hälsen. Wie wütende Kobras. Eine Frau mit einem dünnen, kleinen Jungen an der Hand starrte mich an. Dabei sah diese Frau selber sehr merkwürdig aus. Sie trug eine weiße Thermohose und eine weiße, glänzende Steppjacke. Sie sah aus wie das Michelinmännchen. Krieg' ich ein Barbie-Haus, piepste der dünne, kleine Junge und zog seine Michelin-Mutter zum Schaufenster eines Spielzeuggeschäftes. Ich weiß nicht, ich kann es ja mal dem Weihnachtsmann erzählen, antwortete sie.

Gibt es etwas Schäbigeres, als kleine Kinder zu belügen? Man muß sich doch nur einmal in die Lage eines vierjährigen Kindes hineinversetzen: Da stehst du vor einer Welt, von der du fast nichts weißt, und bist darauf angewiesen, daß deine Mutter es dir erklärt. Und deine Mutter sagt: Das ist ein Lichtschalter, wenn du daraufdrückst, geht das Licht an, denn dann fließt Strom durch die Leitungen. Strom kann man nicht sehen und nicht hören und nicht riechen, aber wenn du zwei Drähte in die Steckdose steckst, verglühst du zu einem Aschehaufen. Und deine Mutter sagt: Das da oben, das ist ein Flugzeug. Es ist ganz aus Eisen gemacht und viel schwerer als ein Elefant, aber es kann trotzdem fliegen. Über hundert Menschen sitzen darin und fliegen in wenigen Stunden in fremde Länder, wo die Menschen keine Kühe, aber sehr wohl Hunde essen. Und deine Mutter sagt: Zu Weihnachten kommt ein Mann in einem roten Mantel und mit einem langen weißen Bart und bringt die Geschenke. Was davon klingt denn wohl am wahrscheinlichsten?

Ich habe das Pech gehabt, genau in der Zeit geboren zu sein, in der die große Bakterienwolke durch Hamburg gezogen ist. Das bedeutete, daß ich bis zu meinem sechsten Lebensjahr die Wohnung nicht verlassen durfte. Gerade Kleinkinder stecken sich leicht mit Kinderlähmung oder Windpocken an. Es gab Mütter, die waren nicht so umsichtig. Von meinem Lieblingsplatz aus habe ich oft die beiden Nachbarjungen aus der linken Hälfte des Hauses beobachtet. Wie sie draußen spielten. Nachmittags. Mein Lieblingsplatz war der Schemel im Wohnzimmer. Ich legte ein Kissen mit breiten, roten Wollfransen darauf, damit meine Knie nicht so weh taten, wenn ich aus dem Fenster blickte, von dem aus man den Garten sah, einen Teil der beiden Nachbargärten und das gegenüberliegende Haus mit seinen acht Fenstern. Von dort beobachtete ich, wie die beiden Jungen durch den Garten tobten, auf der schwarzen Erde saßen oder mit bloßen Händen den Zaun berührten. Allerdings war deren Mutter auch eine Schlampe, die ihre Kinder vormittags in einen Kindergarten brachte, statt sich selbst um sie zu kümmern. Und sie hatte eine Putzfrau. Diese Putzfrau hat sich manchmal bitterlich bei meiner Mutter beklagt. Denn die Nachbarin gab der Putzfrau keine Bürste für die Toilette, sondern nur einen Lappen. Die Putzfrau mußte mit den Händen in die Toilettenschüssel der Nachbarin hineinfassen, wo es von Kolibakterien nur so wimmelte. Der Nachbarsfrau war es auch ganz gleich, ob ihre Kinder krank wurden oder starben. Meine Mutter hingegen ließ nicht einmal zu, daß ich sie umarmte, wenn sie vom Einkaufen nach Hause kam. Faß mich nicht an – Kinderlähmung, rief sie und hielt ihre Hände, die die Rolltreppen der Kaufhäuser berührt hatten, hoch über ihren Kopf. Rolltreppen sind der gefährlichste Ort überhaupt. Dort drehen sich die Viren und Bakterien im Kreis, und ständig kommen neue hinzu. Am besten, man faßt Rolltreppen gar nicht erst an. Wenn man sich aber nicht festhält, kann man das Gleichgewicht verlieren, hinfallen und mit den Haaren in das Getriebe geraten. Dann wird man skalpiert. Meine Mutter ließ sich erst berühren, nachdem sie sich umgezogen und ihre Hände unter heißem Wasser und mit viel Seife gewaschen hatte. Ihre Hände waren groß, rot und rauh. Sie benutzte sehr scharfe Scheuermittel zum Saubermachen und lehnte es ab, dabei Handschuhe zu tragen. Sie sagte, sie habe darin kein Gefühl. Die Nachbarin aus der linken Hälfte des Hauses, die trug natürlich Handschuhe, wenn sie denn einmal etwas tat, wenn sie durch den Garten ging und hier einen Zweig abknipste, dort drei Halme Unkraut aus dem Boden zupfte. Ich sah sie nicht oft. Die anderen Nachbarn sah ich noch seltener. Von ihnen wußte ich fast gar nichts, bis ich eingeschult werden sollte.

Als ich schulpflichtig wurde, ließ es sich nicht länger vermeiden: Ich mußte die Wohnung verlassen. Die gefährlichste Zeit war vorbei: Kinderlähmung befällt vor allem Kleinkinder, und außerdem hatte sich die Bakterienwolke zum größten Teil schon Richtung Osten verzogen. Trotzdem wäre es vorsichtshalber besser gewesen, wenn ich noch ein, zwei Jahre im Haus hätte bleiben können. Schulen sind Brutstätten der Kinderlähmung, und in solchen Zeiten hätten sie geschlossen gehört. Aber da es sich nun einmal nicht ändern ließ, nahm meine Mutter mich einen Tag vor der Einschulung an die Hand und ging mit mir die Straße hinunter, in der wir wohnten. Sie zeigte mir den Schulweg und die gefährlichsten Stellen, die ich meiden oder an denen ich schnell vorbeilaufen sollte. Zum Beispiel gab es da ein rotes Haus mit spitzem Dach, das weit zurück lag und hinter einer Hecke versteckt war. Es wurde mit Gas beheizt und konnte jeden Moment explodieren. Der gelbe Pudel, den diese Leute besaßen, spürte die Gefahr instinktiv und heulte deswegen ständig – aber niemand hörte auf ihn. Oder das letzte Haus vor den drei unbebauten Grundstücken, das zur Straße hin nur ein einziges, vergittertes Fenster besaß: Hier wohnte ein Mitschnacker, einer, der kleine Kinder zu sich nach Hause lockte. Seine Frau wußte davon, war aber dagegen machtlos. Es regnete an diesem Tag, an dem ich zum ersten Mal unsere Wohnung verließ. Ich trug einen nagelneuen, feuerroten Regenmantel mit Kapuze. Mein Gesicht und meine Hände wurden naß. Ich war nach diesem Spaziergang so erschöpft, daß meine Knie zitterten.

Viel später, nachdem meine Mutter schon gestorben war, kam ich auf dem Weg zur Arbeit, auf dem Weg zur Bushaltestelle, wieder an diesem Haus vorbei, das das letzte Haus der Straße vor den drei immer noch unbebauten Grundstücken war und das nach vorn hinaus nur ein einziges, vergittertes Fenster besaß. Es war kein ungewohnter Anblick; ich kam fast täglich daran vorbei. Aber an diesem Tag fiel mir plötzlich wieder ein, was meine Mutter mir darüber erzählt hatte. Und da wurde mir klar, daß das nicht gestimmt haben konnte, daß es ganz unwahrscheinlich war, daß die Frau eines Mitschnackers das Treiben ihres Mannes kannte und duldete. Und genauso merkwürdig war, daß meine Mutter davon gewußt haben wollte und ihn nicht angezeigt hatte. Meine Mutter hatte also nicht die Wahrheit gesagt. Mindestens einmal in ihrem Leben hatte meine Mutter mich belogen. Das bedrückte mich. Es bedrückt mich auch heute noch. Manchmal denke ich: Wenn sie einmal gelogen hat, so hat sie mich vielleicht noch öfter betrogen. Dann werde ich wütend und undankbar gegen sie, gegen die Frau, der ich so vieles verdanke, der ich alles verdanke, gegen die Frau, die mich gefüttert und die mir den Hintern gewischt hat, als ich winzig und hilflos gewesen bin.

Ich wechselte die Straßenseite und blieb vor einem Geschäft für Schreibwaren stehen. Im Fenster hingen Kalender: Dinosaurierkalender und Landschaftskalender und Scherzkalender und Hundekatzenpferdekalender. Ein Kalender mit Meeresungeheuern. Tages-, Wochen- und Monatskalender. Jahresplaner – die waren zu schwer, um sie aufzuhängen. Sie standen in der Auslage neben Computerdisketten, neben Tuschkästen, bemalten Holzengeln und Tannenzweigen, an denen Fliegenpilze aus Watte befestigt waren. Die rechte Seite der Auslage bot allerlei teures Schreibzeug: grüne und goldene Füllfederhalter und silberne Bleistifthüllen, lange Federkiele, Brieföffner aus schwerem Messing in der Form boshaft glotzender Raubfische, handgeschöpftes Papier und überall dazwischen Tintenfässer aus Glas, blau, schwarz und braun gefüllt. ECHTE SEPIA stand in großer, geschwungener Handschrift auf einem Pappschild. Ich öffnete die Ladentür. Ich wollte eine Postkarte kaufen und an meine Adresse in Hamburg, an die abgebrannte Wohnung, schicken.

Ist das nicht eine fabelhafte Idee? Ich werde von überall auf der Welt, wo ich gerade vorbeikomme, eine Postkarte nach Hause schicken. Wenn ich dann eines Tages zurückkehre, finde ich Hunderte von Postkarten in meinem Briefkasten. Die werde ich alle in den Flur hängen und noch einmal in Ruhe betrachten und mich daran erinnern, wo ich überall gewesen bin. Welche Abenteuer ich erlebt habe.

Die Türglocke hüpfte zwei Stufen die Tonleiter hoch und gleich wieder herunter, als ich hereinkam. Innen herrschte ein grünliches Dämmerlicht wie in dem Aquarium von

Tante Esrom, in dem sie kleine, nadeldünne Fische hält, die hektisch durcheinanderflitzen, wenn man an die Scheibe klopft. Das Geschäft war mit den üblichen Zutaten eines mittelgroßen Schreibwarenladens ausgestattet: ein Linoleumboden, die Zeitungs- und Zeitschriftenabteilung gleich vorn bei der Eingangstür, Drehständer für Gruß- und Geburtstagskarten und Drehständer für selbstklebende Etiketten, Wände voller Fächer, Schubladen und Regale und eine durchsichtige Lottotheke mit dem dazugehörigen Stehpult, an welchem zwei Männer in Wintermänteln sehr ernsthaft ihre Kreuze setzten, während sich zu ihren Füßen Pfützen bildeten. Hinter einem massiven Tresen aus dunklem Holz stand eine alte Frau und legte einer Kundin Schreibhefte vor. Sie sah beim Ton der Türglocke auf und musterte mich. Ich bin nicht hübsch. Ich bin klein und gedrungen. Außerdem war ich ganz unmöglich angezogen. Die Frau hielt es für ratsam, mich nicht aus den Augen zu lassen, nickte mir aber trotzdem freundlich zu. Ich lächelte zurück, mein unwiderstehliches Lächeln für alte Damen.

Ich bin es gewohnt, alten Frauen zu gefallen. Alte Frauen verlieben sich fast immer in mich. Mit jungen Leuten, mit Menschen meines Alters, ist das etwas anderes. Meine Schulkameraden wollten mit mir nicht spielen, und zu Geburtstagen wurde ich nur eingeladen, wenn das Kind sowieso die ganze Klasse einlud. Aber einmal, bei so einem Geburtstag, wurde ein Pfänderspiel gespielt, und ich mußte ein Lied singen, um meinen linken Schuh auszulösen. Während ich dieses Lied sang, erschien plötzlich die Großmutter des Geburtstagskindes in der Tür und hörte mir zu. Dann weinte sie – meinetwegen. Von da an begann ich mich für erwachsene Frauen zu interessieren. Ich schenkte ihnen selbstgepflückte Blumen, wenn sie mir auf dem Schulweg begegneten, oder ich sagte ihnen Gedichte aus meinem Lesebuch auf. Später, als ich schon mehr Übung hatte und mutiger wurde, nahm ich Hausfrauen die Einkaufstüten ab und sagte solche Sachen wie: Sie sehen so müde aus – Sie haben bestimmt ein hartes Leben? Das war fast immer ein großer Erfolg. Nur einmal packte eine Frau, eine junge Frau, der ich gerade erklärt hatte, wie traurig sie aussehe und wie sehr ich wünschte, sie zum Lächeln zu bringen, mich am Kragen und zischte: Du kleine, falsche Schlange, paß auf, daß ich dir nicht den Hals umdrehe. Daraufhin sah ich mir die Frauen genauer an, bevor ich sie ansprach, und ich wandte mich vor allem nie mehr an Frauen, die jünger als fünfzig waren.

Ich lächelte also zurück und tat, als würde ich die Geschenkpapierbögen durchsehen, die wie Handtücher über Haltern aus Metall hingen. Die Postkarte für den Flur daheim hatte ich vergessen. Statt dessen versuchte ich, die alte Frau, die hinter dem Tresen hervorgekommen war und ihrer Kundin Patronen für Füllfederhalter aus einem Regal holte, einzuschätzen. Was ich sah, war eine große, dicke Dame in einem schwarzen, altmodischen Kleid – vermutlich war es eine hier übliche Tracht –, das bis zum Boden reichte und nicht einmal die Schuhspitzen sehen ließ. Es war ein ganz und gar ungewöhnliches Kleid aus einem glänzenden, selbst in dieser schwachen Beleuchtung irisierenden Stoff, dessen Rock einen sehr geräumigen Hohlraum bildete. Seltsamerweise bewegte die Frau sich mehr rückwärts und seitwärts als nach vorn. Auch schien sie eher zu rollen, als Schritte zu tun, mit merkwürdigen Rucken, wobei der Rock wie eine Kirchenglocke hin und her schwang. Am dicken, weißen Hals der Frau war das Kleid hoch und eng geschlossen, ließ die Arme aber gänzlich frei – auffallend schlanke und bewegliche Arme mit feingefleckter heller Haut und von fester muskulöser Beschaffenheit, die nicht recht zum plumpen Körper paßten. Feine braune Flecken überzogen auch ihr bleiches, ruhiges und fettes Gesicht, um das sich – wie satte Schlangen – zwei wulstige, graue, an manchen Stellen noch leicht rötliche Zöpfe legten. Ihre Augen waren unverhältnis-

131

mäßig groß und lagen in tiefen Höhlen. Sie war die merkwürdigste alte Frau, die ich je gesehen hatte. Aber das Merkwürdigste an ihr war der Mund. Der Unterkiefer war breiter als der Oberkiefer und trat deutlich hervor. Darauf legte sich eine kleine fleischige Oberlippe, so daß dem Mund etwas Papageienartiges anhaftete. Als die Kundin ihre Schulhefte und Patronen eingepackt hatte und die beiden Männer ihre Lottoscheine abgegeben hatten und alle drei gegangen waren, öffnete die alte Frau ihren Papageienschnabel und fragte mich, was sie für mich tun könne. Ach, verzeihen Sie bitte, antwortete ich, es ist ganz dumm. Ich möchte überhaupt nichts kaufen. Es ist nur ... – sehen Sie, meine Mutter ist gerade gestorben, und Sie sehen ihr so ähnlich. Ich habe Sie durch das Schaufenster gesehen und mußte einfach hereinkommen. Ich werde sofort wieder gehen.

Die alte Frau hieß Hedwig Oktober – wie der Herbst, sagte sie schelmisch – und wohnte eine halbe Autostunde von Lörrach entfernt. Mittwochs hielt sie ihr Geschäft nur am Vormittag geöffnet; und da Mittwoch war, holte sie sich um zehn Minuten nach ein Uhr ein grünes Wollcape aus dem Keller, der sich unter ihrem Geschäft befand, legte es sich um die Schultern, sperrte die Ladentür zu, indem sie den Schlüssel zweimal herumdrehte, und ging mit mir zu einem unterirdischen Parkhaus, wo sie einen hellblauen Kleinwagen neueren Fabrikats untergestellt hatte. Sie fuhr langsam und ein wenig ängstlich, wie alte Damen zu fahren pflegen. Während der Fahrt sagte sie zu mir, sie hätte das Gefühl, wir würden uns schon ewig kennen, und darum könnte ich ruhig du und Hedwig zu ihr sagen. Normalerweise, so fuhr sie fort, würde sie niemals einen fremden Menschen einfach so mit zu sich nach Hause nehmen. Aber mit mir wäre das etwas anderes, denn ich selbst sei irgendwie anders.

Anders – was wußte die Alte schon, was es hieß, anders zu sein. Im Fernsehen, die Liebespaare, die sagen zueinander auch immer: Du bist ganz anders als die anderen Mädchen, als die anderen Jungen. Aber sie meinen nicht *wirklich* anders; sie meinen eigentlich: Du bist ganz genauso wie die anderen – nur besser; du siehst genauso aus wie die anderen – nur etwas hübscher; du benimmst dich genau wie die anderen – nur etwas interessanter. Was wissen die schon, was es heißt, anders zu sein – tatsächlich *anders*. Sie haben nicht die geringste Ahnung, was es bedeutet, die Pausen zwischen den Schulstunden mehr zu hassen als die Stunden selbst und ihr Ende herbeizusehnen, während man eine einsame Runde nach der anderen um den Schulhof schleicht und den anderen Kindern aus dem Wege zu gehen versucht.

Das Dorf, in dem Frau Oktober vor 72 Jahren geboren war und seit zwanzig Jahren wieder ständig lebte, hieß Knippach, setzte sich aus nicht mehr als 24 Häusern zusammen und lag kurz unter dem Gipfel eines 700 Meter hohen Berges. Ihr Haus war das zweitletzte vor dem Dorfende. Das letzte Haus war unbewohnt und bereits von der kniehohen Vorhut des Waldes umstellt. Frau Oktober teilte ihr Leben mit fünf Katzen und zwei Hunden, deren schlüpfriges Fell mich an Robben erinnerte. Das sind Castor und Pollux, sagte sie. Wenn du die Hunde ausführst, mußt du darauf achten, daß sie auf keinen Fall in irgendwelche Gärten hineinlaufen. Meine Nachbarn, die warten ja nur darauf, mir wieder irgend etwas anzuhängen. Du glaubst nicht, wie bosheit die Leute hier sind: werfen mit Blecheimern nach kleinen Hunden.

Frau Oktobers Haus besteht aus einem Wohnzimmer, einer großen Küche, einem Badezimmer und einem Schlafzimmer, die durch einen schmalen Flur miteinander verbunden sind. Im Wohnzimmer sitze jetzt ich und mache diese Aufzeichnungen.

Im Schlafzimmer schläfst natürlich erst einmal du, sagte Frau Oktober, nach allem, was du durchgemacht hast. Ich schlafe im Wohnzimmer auf dem Sofa. Später lassen wir uns dann schon etwas einfallen. Du brauchst Kleider, morgen bringe ich dir Kleider aus der Stadt mit. Möchtest du irgend etwas Bestimmtes haben? Jeanshosen, sagte ich, wir jungen Leute tragen gern Jeanshosen. Ich koche uns erst einmal etwas Schönes, sagte Frau Oktober, magst du Königsberger Klopse? Ich koche sehr gut. Königsberger Klopse sind meine Spezialität. Du kannst solange in die Wanne steigen. Wirf deine Sachen einfach auf den Fußboden, ich packe sie dann in die Waschmaschine. Du glaubst ja nicht, wie sehr ich mich auf Weihnachten freue. Letztes Jahr war ich Weihnachten ganz allein mit meinen Katzen. Die Hunde habe ich erst im Frühjahr gefunden. Du glaubst ja nicht, wie froh ich bin, daß ich sie jetzt dir anvertrauen kann. Es war doch jedesmal sehr umständlich, in der Mittagspause ganz bis hier herauszufahren, die Hunde auszuführen und dann wieder ins Geschäft zurückzufahren. Besonders jetzt vor Weihnachten, wo soviel zu tun ist und ich mittags am liebsten geöffnet lassen möchte. Weißt du schon, was du dir wünschst? Übermorgen ist es bereits soweit. Du kannst dann das Nachthemd von mir anziehen. Ich lege es hier auf die Toilette. Nanu – schüchtern? Denkst du, ich weiß nicht, wie eine nackte junge Frau aussieht? O je, o je, ich gehe ja schon wieder raus. Wenn du fertig bist, komm zu mir ins Wohnzimmer, dann verarzte ich deine Blasen.

Obwohl draußen blendend heller Schnee lag, herrschte im Wohnzimmer dasselbe trübe Dämmerlicht wie im Schreibwarenladen. Die Jalousien der beiden Fenster, die die rechte Wand oberhalb der Zentralheizung durchbrachen, waren zu drei Vierteln heruntergelassen und dafür zwei kleine Lampen mit grünen Samtschirmen und kugeligen Füßen angeknipst. Die Lampen hockten wie phosphoreszierende Riesenfrösche auf einem niedrigen Glastisch, der an der linken Wand neben einem gelben Sofa und einem gelben Sessel stand. Die Tür, durch die man auf den Flur hinausgelangte, befand sich an der Stirnseite des Raumes und gleich neben

ihr die Eßecke, ein Tisch mit einer häßlichen Kunststoff-
platte und zwei Stühlen, unter denen die Hunde lagen. Am
anderen Ende des Wohnzimmers gab es ein Regal mit wenigen Büchern und vielen Stofftieren, den Jahresgaben des
Tierschutzvereins an seine Mitglieder; daneben einen großen Fernseher auf einem Rollwagen, einen Katzenkratz-
baum und in der rechten Ecke, beim Fenster, einen Schreibtisch, auf dem eine alte Schreibmaschine stand. Auf dem
Fernseher, dem Kratzbaum, den Fensterbrettern und unter
dem Couchtisch aus Glas saßen in gleichmäßigen Abständen die Katzen. Der Raum war überheizt. Aus der Küche
roch es nach Kartoffeln und Klößen. Ich lag im Flanellnacht-
hemd auf dem Sofa und streckte Frau Oktober, die mir
gegenüber im Sessel saß, den linken nackten Fuß hin. Die
langen, weißen Finger der dicken Frau Oktober umfaßten
mit weichen, schmeichelnden Windungen meine Ferse, be-
tupften die Wunden mit zinkhaltiger Babycreme und klebten Pflaster darüber. Ich ekelte mich vor ihren Berührungen
und zog meinen linken Fuß weg und sagte, daß ich den rechten selbst verpflastern wollte. Seufzend stand Frau Oktober
auf, holte das Essen aus der Küche und stellte es auf die Re-
sopalplatte des Eßtisches. Ich war mit dem zweiten Fuß
selbst fertig geworden und setzte mich zu ihr. In der grün-
lichen Wohnzimmerbeleuchtung sahen die Klöße und Kartoffeln wie Unterwassergewächse aus. Frau Oktober war
beleidigt und wollte mich durch Schweigen strafen, hielt das
aber keine fünf Minuten durch. Schmeckt es dir? Bist du
glücklich? So kannst du es jetzt immer haben. Morgen kaufe
ich dir Jeans. Nachher muß ich noch deine Hüften ausmes-
sen, damit ich auch die richtige Größe mitbringe. Feste
Schuhe brauchst du auch.

Welche Schuhgröße hast du? 38? Na, da werden dir meine
Stiefel zu groß sein. Ich bringe dir morgen welche mit. Und
einen Pullover. Und Socken und Schlüpfer. Endlich schwieg
sie wieder, was nicht bedeutete, daß sie keine Geräusche

machte. Sie schnaufte beim Essen. Unaufhörlich scharrten die unsichtbaren Füße unter ihrem Rock. Ihre linke Hand, die sie zum Essen nicht benötigte, weil sie nur die Gabel und nicht das Messer benutzte, tastete bald hierhin, bald dorthin über den Tisch, zog die Finger zu einer Knospe zusammen und entrollte sich wieder. Um ihr nicht antworten zu müssen, hatte ich mich tief über meinen Teller gebeugt und tat beschäftigt. Aber sie zappelte und scharrte so lange, bis ich schließlich irritiert aufsah. Da traf mich dieser Blick, mit dem sie mich die ganze Zeit unverwandt und gierig angestarrt hatte. Ihre Pupillen waren nicht richtig rund, eher schmal. Die oberen Augenlider hingen dick und rosa bis zu den Pupillen herunter, während die Unterlider schmal und weißlich waren. Obwohl die Alte jetzt schwieg, redeten doch ihre Augen für sie weiter. Magst du mich, fragten die Augen und: Du magst mich doch?

Als wir die Hunde ausführten, winkte uns eine Frau in einem dunkelblauen Anorak zu, die auf der Straße Schnee schippte. Wir blieben stehen und warteten, bis die Nachbarin, die einen praktischen Kurzhaarschnitt trug und beinah wie ein Mann aussah, herangekommen war. Frau Oktober hatte einen dunkelroten Poncho über ihr schwarzes Kleid gezogen. Auch ich trug eines von ihren Riesenkleidern, das mit einem Gürtel hochgerafft war, weil es sonst lang auf dem Boden geschleppt hätte, dazu die gelbe Strickjacke und die klobigen Männerstiefel. Mir war das unangenehm, in diesem Aufzug gesehen zu werden. Die Nachbarin gab uns beiden die Hand, sagte etwas ähnliches wie *sali* und redete dann in einer völlig unverständlichen Sprache auf Frau Oktober ein, die ihr in derselben Sprache antwortete. Das war alemannisch, erklärte sie mir, als die Frau wieder gegangen war. Hier sprechen alle so. Ich auch – aber glaub nicht, daß die mich deswegen für eine der Ihrigen halten. Nein, für die Leute hier bleibe ich immer die, die in die Großstadt gezogen ist. Obwohl ich schon vor über zwanzig Jahren wieder zurückgezogen bin. Das war meine Schwägerin. Die tut immer so freundlich, aber die kann mich auch nicht leiden. Ich habe ihr erzählt, daß du die Tochter einer Freundin von mir bist, die ein paar Wochen bei mir wohnt. Sie muß ja nicht gleich wissen, daß ich dich erst heute kennengelernt habe.

Wir kamen in den Wald hinein, und es fing an zu schneien. Hoffentlich hört das bald auf, sagte Frau Oktober, dieses Jahr schneit es wirklich zuviel. Mühsam stapften wir voran. Die Hunde versuchten, in unseren Fußspuren zu bleiben. Ab und zu hüpften sie senkrecht in die Luft, wobei sie die Köpfe drehten, um sich zu orientieren. Gestürzte Stämme, die sich in den Kronen anderer Bäume gefangen hatten, steckten wie Puddinglöffel im tiefen Schnee. Schlanke Fichten mit schweren, weißen Mützen beugten sich tief auf den Weg herunter. Wenn Frau Oktober den Mund hielt, war es ganz still. Manchmal ächzte ein alter Baum. Manchmal fiel direkt vor uns ein Haufen Schnee herunter, und ein grüner Zweig schnellte hoch.

Abends saßen wir vor dem Fernseher. Siehst du gern fern? Such dir was aus. Mir ist es ganz egal, was wir sehen, sagte Frau Oktober. Sie hatte eine Stunde lang den Schnee vor ihrer Haustür geräumt und sich dabei nicht helfen lassen. Kaum fing der Spielfilm an, schlief sie ein, die kräftigen langen Arme lagen in weichen Biegungen ineinander verschlungen auf ihrer Brust. Ich sehe gern fern. Ich mag es, wenn Glas zwischen mir und den Dingen ist. Ich mag Fernseher und Aquarien und Fenster. Von dem Fenster in Frau Oktobers Schlafzimmer aus kann ich auf das nächste Tal und die dahinterliegenden Berge schauen. Ich mag auch Autofahrten und würde sogar gern eine Brille tragen. Schade, daß es keine Glasscheibe zwischen mir und Frau Oktober gab. Im Fernseher wurde ein Mann erstochen. Das war interessant. Nie passiert im wirklichen Leben so viel wie im Fernsehen. Eigentlich ist es Zeitverschwendung, nicht fernzusehen.

Am nächsten Morgen fuhr die alte Frau Oktober in ihr

Geschäft, und ich blieb allein im Haus. Ich stand spät auf, führte die Hunde aus und sah den ganzen Tag fern. Dabei blätterte ich in den Büchern meiner Gastgeberin – das meiste von Selma Lagerlöff – und aß Kekse. Frau Oktober hatte gesagt, ich solle mir soviel nehmen, wie ich wolle. Sie werde heute abend neue Vorräte mitbringen. Kurz nach sechs Uhr kämpfte der blaue Polo sich die abermals verschneite Einfahrt herauf. Frau Oktober wuchtete einen Kasten Coca-Cola-Flaschen und einen Kasten Fanta-Flaschen vom Rücksitz und trug sie an ausgestreckten Armen seitwärtsgehend zur Tür hinein, während die Hunde um sie herumtobten. Danach schleppte sie mit ihren nie erlahmenden Riesenkräften vier Kartons Lebensmittel in die Küche. Ich stellte die Joghurts und die Butter in den Kühlschrank, und Frau Oktober holte noch einen Sack Hundeflocken und zwei Paletten Katzenfutterdosen aus dem Auto. Hätte ich gewußt, daß ich Weihnachten nicht allein sein werde, hätte ich selbst Kekse gebacken, aber dafür ist es jetzt ja leider zu spät, sagte sie. Ich bekam Wollsocken, häßliche Unterhosen, einen grauen Pullover und eine Jeanshose, die zu groß war. Das ist besser als zu klein, und mit Gürtel geht's. Den Gürtel kannst du von mir haben. Ich zog die Hose und den Pullover an. Was ist mit den Schuhen? Schuhe verschenkt man nicht, antwortete Frau Oktober, sonst läuft einem das Mädchen davon. Sie kicherte. Dann fügte sie hinzu: Mal sehen, was der Weihnachtsmann morgen bringt.

Zum Abendessen gab es die Reste der Königsberger Klopse mit Nudeln und Grünen Bohnen. Frau Oktober begann davon zu schwärmen, wie wir die Weihnachtstage verbringen wollten und was es alles zu essen geben würde: Baby-Puter und ganz junge Möhrchen, Lamm-Medaillons... Ich schaltete den Fernseher an, weil ich hoffte, sie damit zum Schweigen zu bringen. Nein, sagte eine junge Frau im Dirndlkleid zu einem jungen Mann mit weißblonden Haaren, nein, geh weg, du bist ja verrückt. Morgen habe ich nur bis eins geöffnet, sagte Frau Oktober, dann kommst du zu mir in den Laden und holst mich ab. Ich habe Herrn Köpfli Bescheid gesagt. Der holt dich um halb eins ab und nimmt dich mit hinunter nach Lörrach. Mein Bruder, der hat es ja wieder nicht für nötig befunden, seiner Schwester zu Weihnachten einen Gefallen zu tun. Herr Köpfli wohnt in Ober-Schindau, das ist das nächste Dorf unter uns. Der arbeitet nicht richtig, hängt bloß auf dem Hof seines Vaters rum, obwohl er schon achtunddreißig ist. Der wartet darauf, daß sein Vater stirbt, dann will er eine Russin oder Tschechin aus dem Katalog heiraten. Der freut sich, wenn er mal was zu tun kriegt und rauskommt. Er holt dich um halb eins ab, dann seid ihr um eins bei mir. Ich warte auf dich, und dann suchen wir zusammen einen Tannenbaum aus und machen es uns richtig gemütlich. Hast du mal eine Postkarte, unterbrach ich sie. Frau Oktober sprang sofort auf und ging zu dem Schreibtisch und öffnete seine Schublade. Lieber eine mit kleinen Hunden oder mit kleinen Katzen? Hast du keine Ansichtskarte von der Gegend hier? Nein, aber ich kann dir morgen im Laden welche geben. Wem willst du denn schreiben? Mir selbst, sagte ich. Ich will mir von überall auf der Welt, wo ich vorbeikomme, Postkarten nach Hause schicken. Als Andenken. Aber wieso, rief Frau Oktober, du willst hier doch nicht etwa weg? Du bleibst doch bei mir? Hier hast du es doch gut! Ein violetter Farbstrich flog über ihr rosiges Gesicht. Wer weiß, sagte ich und kratzte mit dem Daumennagel ein Stück Knorpel aus dem Spalt zwischen meinen Schneidezähnen. Vielleicht ist meine Wohnung nächste Woche schon wieder aufgeräumt. Oder das Sozialamt hält schon eine andere Wohnung für mich bereit und wundert sich, daß ich mich nicht melde. Ich hätte mich längst melden sollen. Darf ich morgen mal von hier aus telefonieren? Was meinst du – hat das Sozialamt am Heiligen Abend geöffnet, ich meine morgens? Nein, schrie Frau Oktober und wurde ganz bleich, die Sozialämter machen erst im nächsten Jahr wieder auf. Behörden sind zwischen Weihnachten und Neujahr immer geschlossen. Und du kannst nicht von hier aus anrufen. Das ist ein Ferngespräch, das wird zu teuer! Ich habe schon soviel Geld für dich ausgegeben: die Hose, der Pullover, die vielen Süßigkeiten. Und jetzt willst du auch noch Ferngespräche führen. Ihre Hände tasteten wirr über den Resopaltisch, ihre Finger krampften sich mehrmals zusammen. Die junge Frau im Dirndlkleid ließ vor Schreck einen Krug fallen. Der junge Mann mit den weißen Haaren versuchte, sie zu küssen. Ich legte erschrokken meine Hand auf Frau Oktobers Arm. Aber ich habe ja nur Spaß gemacht. Ich will doch gar nicht weg. Ich wüßte ja auch überhaupt nicht, wo ich hin sollte. Doch die alte Frau schien mich nicht mehr zu hören. Mit Pupillen groß wie Saugnäpfe starrte sie durch mich hindurch. Ihre Zähne knirschten, und gleichzeitig verdunkelte sich die Haut über ihrer linken Augenbraue; eine Farbwolke ballte sich dort zusammen, intensiv violett im Zentrum, flockig und bläulich durchsichtig an den Rändern. Eine zweite Wolke zeigte sich auf ihrer Wange, eine dritte auf ihrem rechten Arm, beide gelblich, ein brauner Streifen auf ihrem Kinn und ein grüner Streifen quer über der Nase. Die Farbwolken und Farbstreifen flogen über ihr Gesicht und ihre Arme hin, vereinigten sich, breiteten sich aus und waren mit dem blitzartigen Erglänzen und Irisieren der gesamten Haut verbunden. Ich ließ Frau Oktobers Arm los und schrie. Ich wußte überhaupt nicht, was ich tun sollte. Ich dachte, sie hätte einen Schlaganfall bekommen.

Schon gut, sagte Hedwig Oktober, als das Gewitter auf ihrer Haut sich verzogen hatte und sie wieder erbleicht war, es ist nichts weiter. Aber du darfst mich nicht so ärgern. Ich bin eine alte Frau und soll mich nicht aufregen. Geht es dir wieder gut, fragte ich. Du hast mir vielleicht einen Schrecken eingejagt. Das wollte ich nicht, das wollte ich wirklich nicht. Ich kniete neben ihr nieder. Du liebes, liebes Kind, sagte Frau

Oktober und zog meinen Kopf in ihren Schoß, beugte sich über mich, vergrub die Finger in meinem Haar und küßte mich auf die Schläfe. Ich ließ es geschehen. Ich bin ja so froh, sagte die Frau im Dirndlkleid zu einem dunkelhaarigen jungen Mann.

Johann Köpfli holte mich pünktlich um halb eins ab. Ich hatte befürchtet, er könnte es vielleicht vergessen, aber Frau Oktober hatte mich beruhigt: Die Gelegenheit, eine halbe Stunde lang neben einer jungen Frau im Auto zu sitzen, läßt der sich doch nicht entgehen. Frau Oktober mochte ihn anscheinend nicht. Sie sagte, er sei häßlich und faul, und die Wände des verdreckten Zimmers, das er im Haus seiner Eltern bewohne, seien mit Zeitschriftenfotos von Sportwagen und nackten Frauen beklebt. Als er klingelte, stand ich schon fertig angezogen hinter der Tür. Ich öffnete, sagte guten Tag und zog die Tür hinter mir zu. Die Hunde winselten und kratzten von innen gegen das Holz. Johann Köpfli war wirklich häßlich, und er schien aufgeregt zu sein.

Das war ich auch. Seit meiner Schulzeit hatte ich mit keinem Mann außer Herrn Bilcher, Onkel Henri, dem Busfahrer und dem Mann, der manchmal an der Kinokasse saß, gesprochen. Meine Mutter konnte Männer nicht leiden und war sehr stolz darauf, daß in all den Jahren noch nie ein Mann die Toilette in unserer Wohnung benutzt hatte. Als sie eingezogen war, hatte sie das alte Becken rausreißen und ein neues installieren lassen. Kurz nachdem ich eingeschult worden war, gab meine Mutter die Heimarbeit auf – sie hatte Zopfspangen zusammengesetzt, deren Einzelteile einmal im Monat eine Frau in einem blauen Lieferwagen brachte, die dafür die fertigen Spangen mitnahm – und begann, als Schwesternhelferin zu arbeiten. Seitdem benutzte sie auch die medizinischen Fachausdrücke. Sie sagte nicht mehr, Onkel Henri ist dick; sie sagte jetzt: Onkel Henri hat Adipositas. Und sie fing an, Krankengeschichten zu erzählen, besonders aus der Gynäkologie, obwohl sie nicht dort, sondern auf der Hals-Nasen-Ohren-Station arbeitete. Ihre Lieblingsgeschichte aber war die von einer jungen, arroganten Medizinstudentin, die meinte, alles besser zu wissen, und zum erstenmal in die Pathologie kam. Alle Studenten mußten irgendeinen Körperteil der Leiche zum Präparieren mit nach Hause nehmen. Mit der Studentin wollte sich der Professor einen Scherz machen und gab ihr ausgerechnet den Penis mit. Die Studentin war so entsetzt, daß sie hinauslief und ihr Studium aufgab.

Johann Köpfli hielt mir die Beifahrertür auf, und ich rutschte ungeschickt in den rostigen, lindgrünen Wagen mit den eckigen Scheinwerfern. Das Auto stank nach Mist. Johann ging steif um den Wagen herum und setzte sich neben mich. Seine Hände zitterten, und er steckte erst den falschen Schlüssel ins Zündschloß und mußte ihn wieder herausziehen. Sie müssen sich anschnallen, sagte er. Als ich nervös an dem Gurt zerrte, langte er über mich hinweg und ging dazu über, mich zu duzen: Warte, ich mach' das für dich! Ich war erleichtert, daß er hochdeutsch sprach. Er sprach nicht so gut wie Frau Oktober. Seine Sätze waren voller schnarchender Rachenlaute. Als er nach dem Gurt an meiner Seite langte, preßte ich mich so tief in die Polster, wie es ging.

Eine Frau sollte einen Mann niemals berühren, weil Männer davon erregt werden können. Am schlimmsten ist es, wenn man sich einem Mann auf den Schoß setzt. Aber solche Situationen haben sich für mich sowieso nie ergeben. Es ist nie soweit gekommen, daß ein Junge oder ein Mann mich berührt hat. Einmal, als ich zwölf war, winkte ein Taxifahrer, der mit seinem Wagen auf einem Parkplatz Pause machte, mich zu sich heran. Es war ein warmer Sommertag, und der Taxifahrer hatte das Seitenfenster heruntergekurbelt und eine Zeitung aufgeschlagen und aß ein Wurstbrötchen. Ich fuhr auf meinem Klapprad. Ich war auf dem Weg von der Schule nach Hause. Der Taxifahrer winkte mich zu sich heran, und ich kam dicht an sein Fenster. Er grinste und fragte mich, ob ich ihm nicht einen blasen wollte. Ich wurde rot und fuhr, so schnell ich konnte, von ihm weg. Drei Jahre später fragte mich Christian Wolf, ein Junge aus meiner Klasse, ob ich mit ihm gehen wollte. Aber ich merkte gleich, daß das nicht wahr sein konnte, daß er viel zu hübsch und beliebt war, um sich für jemanden wie mich zu interessieren. Ich sagte nein, und am selben Tag noch bekam ich heraus, daß Christian mit seinen Freunden – er hatte viele Freunde – um eine Stange Marlboro gewettet hatte. Es war darum gegangen, wer sich trauen würde, eine Woche lang mit mir zu gehen – mit allen Konsequenzen: Küssen, mich überallhin mitnehmen und öffentlich händchenhalten. Das war alles. Sonst hat kein Mann mich je berühren wollen.

Wir fuhren die schmale, gewundene Straße den Berg hinab. Rechts und links versperrten Wälle aus Schnee die Aussicht. Einzelne Schneeflocken klatschten schwer auf die Windschutzscheibe und wurden von den Scheibenwischern zu den anderen Flocken geschoben, die am unteren Fensterrand ein schiefes Dreieck füllten. Die Spitze des Dreiecks neigte sich abwechselnd nach links oder rechts – je nachdem, welches Wischerblatt zuletzt zugeschlagen hatte. Johann Köpfli war sich immer noch nicht sicher, ob er mich duzen oder siezen sollte. Werden Sie lange bei Frau Oktober wohnen? Wo kommst du denn her? Ich heiße Johann Köpfli. Kannst ruhig Johann zu mir sagen. Ich heiße Anita, sagte ich und wurde rot. Ich weiß noch nicht, wie lange ich hierbleibe. Ich soll auf die Hunde aufpassen. Johann warf mir verstohlene Blicke zu. Vielleicht verglich er mich mit den Fotos in seiner Dachkammer. Vielleicht überlegte er, ob ich häßlich genug war, daß ich ihn nicht auslachen würde, wenn er sich mir zu nähern versuchte. Denn er war sehr häßlich und roch auch noch schlecht. Aber vielleicht war das auch der Wagen, der so roch. Johanns Gesicht war mit roter, rissiger Haut überzogen, die an den vorstehenden Wangenknochen ab-

blätterte. Er hatte kurze, schwarze Haare. Auf dem Hinter-
kopf war ein tassengroßer kahler Fleck. Unter seiner Nase
wucherte ein Schnauzbart, der die großen Nasenlöcher halb
verdeckte. Einzelne Strähnen des Bartes hingen über den
Mund herunter. Ein kleiner spitzer Mund, wie der einer
Maus. Das Kinn wagte sich überhaupt nicht vor. So war das
Gesicht, der Rest war auch nicht besser. Johann Köpfli wies
erst auf meine, dann auf seine Füße. Die Schuhe – wir tragen
beide dieselben Schuhe. Er strahlte. Ich nickte, obwohl ich
nicht auf die Schuhe, sondern auf den schmutzigen Nagel
seines Zeigefingers gestarrt hatte, der halb eingewachsen
war und sich mit der anderen Hälfte wie eine Tierkralle über
die Fingerkuppe krümmte. Dieser Mann war durch und
durch widerlich. Er schien sich für mich zu interessieren. Er
fand mich wohl nicht häßlich. Vielleicht fand er mich sogar
hübsch. Dieser Mann war interessant. Er war der erste
Mann, der sich um mich bemühte. Das war aufregend.
Nein, das war schrecklich!

Die Frauen in der Hundeleinen-Fabrik redeten oft über
Männer, um sich die Zeit zu vertreiben, während sie die immer gleichen Handgriffe ausführten. Ich redete nie über
Männer, obwohl mir die Arbeit auch keinen Spaß machte.
Keine der Frauen in der Fabrik arbeitete gern dort. Es war
nicht die Art von Arbeit, die irgend jemandem Vergnügen
bereitet. Die jüngeren Frauen träumten davon zu heiraten;
die Frauen, die schon verheiratet waren, spielten Lotto. Eine
Hochzeit gehört nicht zu den Dingen, von denen ich träume,
obwohl eine Ehe das Leben wahrscheinlich erleichtert. Mir
wäre das nicht genug. Manchmal stelle ich mir vor, wie es
wäre, in eine Nervenheilanstalt eingewiesen zu sein.

Wir hielten vor dem Schreibwarenladen. Johann Köpfli
war einfach durch die Fußgängerzone hindurchgefahren.
Das gefiel mir. Bevor ich aussteigen konnte, stieg er selber
aus, stakste eilig um den Wagen herum und öffnete mir den
Schlag. Seine Kleider, ein verwaschenes Jeanshemd, eine

Weste aus Kunstleder und eine abgewetzte braune Kordhose, schlotterten wie Trauerbeflaggung um seinen langen,
mageren Körper. Er räusperte sich. Ich würde Sie gern einmal wiedersehen. Das war ihm bestimmt nicht leichtgefal-
len. Und er hatte es gar nicht so schlecht gesagt. Das hatte er
nett gesagt: Ich würde Sie gern einmal wiedersehen. Ja, antwortete ich. Jetzt war er wieder dran: Wir könnten ... Wann
soll ich dich abholen? Jetzt geht das schlecht, sagte ich
schnell. Jetzt kommen doch die vielen Feiertage. Im neuen
Jahr irgendwann, nach Silvester. Ich hatte eine Verabredung. Ich hatte meine erste Verabredung. Das war toll.
Leider bedeutete das auch, daß ich diesen häßlichen, stinkenden Mann wiedersehen mußte. Das war eine gräßliche
Vorstellung. Ich wollte die Verabredung so weit wie möglich
hinausschieben. Aber Johann Köpfli wurde ich nicht so
schnell los. Ich komme nach Weihnachten mal vorbei. Zwischen Weihnachten und Silvester liegt eine ganze Woche,
dann schaue ich mal rein. Ja, sagte ich.

Die Ladentür war schon abgeschlossen. Ich mußte an die
Scheibe klopfen. Es dauerte eine Weile, dann löste sich ein
Schatten aus der Dämmerung des Schreibwarengeschäftes,
und Frau Oktober glitt zur Tür. Sie trug diesmal ein violettes
Kleid von gleichem Schnitt wie das lange schwarze. Ihre weißen Arme hoben sich leuchtend gegen den dunklen Samt ab.
Komm herein, komm herein. Eilig schloß sie die Tür hinter
mir und drehte den Schlüssel zweimal um. Tut mir leid, daß
du warten mußtest. Ich war im Keller. Bist du gut hergekom-
men? Ein scheußlicher Mensch, nicht? Aber es ist ja immerhin nett, daß er dich hergefahren hat. Wir wollen also nicht
schlecht von ihm reden. Komm mit nach unten. Ich bin noch
bei den Abrechnungen. Warst du schon einmal hier unten
bei mir? Aber ja, natürlich, als ich mein Cape geholt habe,
warst du ja dabei. Oder nein, doch nicht. Ich habe es, glaube
ich, allein geholt. Du hast vorn gewartet, nicht wahr. Sei
vorsichtig, stoß nicht an die Regale. Da steht überall Glas.

Sie ging vor mir her eine Treppe hinunter und durch einen schmalen, schlecht beleuchteten Gang mit Steinfußboden und Metallregalen, auf denen Hunderte von kleinen gläsernen Tintenfässern aufgereiht waren. Nach sieben Metern verbreiterte sich der Gang höhlenartig. In dem stickigen Keller standen ein Tresor und ein wackeliger Tisch, auf dem neben Papieren und allerlei Schreibgeräten mehrere Geldbündel und eine Fächerschublade mit Kleingeld lagen. Die Wände waren weiß gestrichen, sahen aber rosa aus, weil von der Decke eine rote Glühbirne hing. Links war eine Tür, auf der WC stand. Durch die rechte Wand drang ein dumpfes, gleichmäßiges Klopfen wie von einer Pumpe. Auf der anderen Seite der Mauer ist der Heizungskeller, erklärte Frau Oktober. Darum ist es hier auch so warm. Ich fand ihn ganz nett, sagte ich. Wen? Na, Johann. Ich fand Johann ganz nett. Frau Oktober lachte. Was? Du mußt ja ein großes Herz haben. Du findest wohl jeden nett. Sie lachte immer weiter. Ich habe mich mit ihm verabredet, sagte ich. Wir treffen uns gleich nach den Weihnachtsfeiertagen. Mal sehen, vielleicht gucke ich auch heute abend schon mal bei ihm vorbei. Frau Oktober hörte auf zu lachen. Das tust du nicht. Das ist ein ganz alter, schmieriger Kerl. Was der von dir will, das kannst du dir ja wohl denken. So naiv bist du doch nicht. Ich wurde wütend und sagte: Du kannst mir gar nichts verbieten. Ich mache, was ich will. Du bist schließlich nicht meine Mutter. Aber du wohnst bei mir, kreischte Frau Oktober und bekam schon wieder die ersten Verfärbungen. Solange du bei mir wohnst und von meinem Geld lebst, tust du auch, was ich dir sage. Tue ich nicht, sagte ich. Die Pupillen der alten Frau wurden so groß, daß sie fast das ganze Auge ausfüllten. Rosenrote, blaue und grüne Silberreflexe spielten darin. Auch auf ihrer Haut begann das Gewitter von neuem: Eine handtellergroße, purpurrote Wolke quoll an ihrem linken Ohr auf und wanderte bis zur Stirnmitte, wo sie auf einen bläulichen Strich traf und sogleich die düstere Verfärbung eines

Blutergusses annahm. Dann werfe ich dich hinaus, schrie Frau Oktober mich an. Sieh zu, wo du heute abend bleibst. Ich zuckte die Schultern: Dann gehe ich eben zu Johann. Nein, rief Frau Oktober, tu das nicht! Bleib bei mir! Komm, wir wollen uns wieder vertragen. Es ist doch Weihnachten. Sie lief mit den merkwürdigen kleinen Rucken, die ich bei ihr schon kannte, auf mich zu und machte Anstalten, mich zu umarmen. Aber ich stieß sie mit beiden Händen so heftig gegen die Brust, daß sie das Gleichgewicht verlor und hintenüberfiel. Frau Oktober schlug lang hin, das Kleid rutschte hoch, und ich konnte zum ersten Mal in das dunkle Innere ihres geräumigen Rockes hineinschauen. Der Anblick war entsetzlich. Dort, wo die Beine einer alten Frau hätten sein müssen, in faltigen, braunen Strumpfhosen und fleischfarbenen Wollschlüpfern, da – wimmelte es. Da wanden sich die natterdicken Fangarme einer Krake wie ein Haufen ineinander verflochtener Schlangen. Und ehe ich mich noch aus meiner Schreckensstarre lösen und fliehen konnte, packte mich einer der langen weißen Arme und riß mich in das widerwärtige Gewühl hinein. Ich schrie – schrie, wie ich noch nie geschrien hatte. Zwei Tentakeln legten sich um meinen Kopf, verschlossen mir den Mund, hefteten sich Saugnapf für Saugnapf an meine Stirn, auf Kinn und Lippen und an meinen Hals, unerbittlich, unlösbar. Arme schoben sich unter meinen Pullover, saugten sich an meinem Bauch fest, Arme legten sich auf meinen Rücken, suchten auf der trockenen Wolle nach Halt. Weit, weit weg hörte ich die Stimme der alten Frau: Habe ich dir nicht alles gegeben? Hattest du es nicht schön bei mir? Und dann fühlte ich, wie der Papageienschnabel in meine Schläfe biß, fühlte, wie ein warmer Speichelfaden aus dem Maul der Alten auf mich herunterrann – *ich habe dich doch lieb* –, und ich trat und strampelte stumm um mein Leben. Dabei stieß ich gegen den Tisch. Er kippte, fiel, die Münzen prasselten auf den Fußboden. Der Tisch fiel auf das Ungeheuer, aber deswegen ließen die Fangarme kein bißchen nach, klebten sich durch kleine Kontraktionen der vielhundert Saugnäpfe nur noch fester und hielten jetzt auch meinen Brustkorb umschlungen. Meine Kraft ließ nach. Meine Bewegungen wurden langsamer. Jedesmal, wenn ich ausatmete, zogen sich die Krakenarme fester um mich, ließen mich vergeblich nach Luft schnappen, und wenn ich dann wieder ausatmen mußte, zogen sie noch ein bißchen fester zu. Ich war schon beinahe ohnmächtig geworden, als ich etwas so Grauenhaftes bemerkte, daß ich schlagartig mein volles Bewußtsein zurückerlangte: Die Tentakeln krochen rückwärts. Sie schleppten mich in die Tiefe, in die unheimliche, unergründliche Höhle von Hedwig Oktobers geräumigem Rock. Ich versuchte meine Finger in den Zementfußboden zu krallen, aber ich fand keinen Halt. Meine Nägel brachen, die Fingerspitzen rissen auf und zogen blutige Furchen durch den Staub. Schon fiel der samtene Rock über meinen Kopf, und aus der Dunkelheit schlug mir ein scharfer, heißer Dunst von Meer und Tod entgegen – da fing sich noch etwas anderes als Staub und Mörtel zwischen meinen Fingern, etwas Schweres, Glattes, Schmales, Spitzes. Ich hielt einen der fischförmigen Brieföffner in der Hand. Er mußte auf dem Schreibtisch gelegen haben. Da stieß ich zu. Immer wieder. Die Fangarme lockerten ihre Unklammerung. Eine schwarze Flüssigkeit spritzte mir entgegen. Jemand schrie. Ich kann nicht sagen, ob ich selbst das gewesen bin oder ob es die alte Frau Oktober war.

Als ich wieder auf der Straße stand, fühlte ich mich schwach und zerschlagen, als wäre ich lange krank gewesen und dürfte zum ersten Mal wieder aufstehen. Die Helligkeit blendete mich. Einzelne Schneeflocken fielen vom Himmel und blieben auf meinen Schultern liegen, verfingen sich in meinem Haar. Ich hatte Gesicht und Hände gewaschen und trug den Pullover mit der Innenseite nach außen. Auf meiner

Jeans waren große dunkle Flecken, wo ich mit einem nassen Handtuch das Blut herausgerieben hatte. Dort biß mir eisig der Wind in die Beine. Ich drehte den Schlüssel zweimal und betrachtete das Schild, das in der Tür hing und auf dem GE-SCHLOSSEN stand. Geschlossen. Ein Schild mit: BIN IM URLAUB wäre besser gewesen. Das würde die Kunden ein paar Wochen hinhalten. Aber ich mochte nicht noch einmal in das Geschäft zurückkehren, um nach so einem Schild zu suchen. Ich ging weg, ohne mich umzudrehen. Eine Frau, die mir entgegenkam, riß vor Entsetzen den Mund auf. Aber dann mußte sie doch bloß niesen.

Die Straßen waren immer noch voller Menschen, unge-wöhnlich viele Männer darunter, die ziegelsteingroße Päck-chen aus den Drogerien trugen. Krumme, dürftige Tannen-bäume ragten aus Kofferräumen. Ich versuchte mich zu erinnern, aus welcher Richtung ich vor einer Stunde gekom-men war. Jetzt mußte ich den ganzen Weg zurück zu Fuß gehen.

Neben der Landstraße gab es keinen Fußweg, oder er war so hoch verschneit, daß man ihn nicht sehen konnte. Ich lief auf dem Straßenasphalt, auf der linken Seite. Wenn mir ein Auto entgegenkam, stellte ich mich in die Schneeberge, die neben der Fahrbahn aufgehäuft waren. Manchmal versank ich bis über die Knie darin. Der Schnee rutschte in meine Stiefel, schmolz und durchnäßte meine Socken. Die Heft-pflaster lösten sich, und die alten wunden Stellen an den Fersen scheuerten wieder auf. In den Autos saßen Familien mit kleinen Kindern oder alte Leute, die die Rücksitze voller Geschenke geladen hatten. Sie drehten sich nach mir um und schüttelten die Köpfe. Manche hupten. Es schneite immer stärker. Die Autos fuhren schon mit Licht. Ich hielt meine Hände dem Himmel entgegen, streckte sie über meinen Kopf oder trug sie wie eine Schale vor mir her. Die weichen, kühlen Schneeflocken legten sich sanft auf meine zerschürf-ten Fingerspitzen und vergingen.

Ich war nicht so verstört, wie man vermuten könnte. Natürlich war das, was mir eben zugestoßen war, ungewöhnlich und beängstigend. Aber genauso ungewöhnlich und beängstigend war es gewesen, ganz allein mit der Bahn von Hamburg nach Lörrach zu fahren oder daß ich Herrn Bilcher um vierhundert Mark betrogen hatte oder daß ein Mann sich tatsächlich mit mir verabreden wollte. Ich war an Aufregungen schon gewöhnt.

Aus beinahe jedem Knippacher Haus leuchtete ein Weihnachtsbaum zum Fenster heraus. Das war in Ober- und Unter-Schindau nicht anders gewesen. Wer ein Heim hatte, saß vor einem Nadelbaum mit Kerzen oder Elektrik in den Zweigen und packte Geschenke aus. Nur ich glitt und humpelte die verwehte Straße bergauf. Und die alte Frau Oktober lag in einem Keller in ihrem eigenen Blut. Als ich mich der Tür ihres Hauses näherte, fingen die beiden Hunde darin an, aufgeregt zu bellen. Am Türknauf hing ein Päckchen in weißem Seidenpapier mit kleinen Tannenzweigen darauf. Auf jedem Tannenzweig saß eine rote, brennende Kerze. Ich hängte das Päckchen ab und schloß auf. Einer der Hunde drängte sofort an meinen Beinen vorbei ins Freie, wo er den Rücken wie ein Käfer krümmte und das rechte Hinterbein gegen einen unsichtbaren Baum hob. In langen, langsamen Sprüngen kamen die Katzen aus dem Wohnzimmer. Der andere Hund wußte nicht, ob er sich nun über meine Rückkehr freuen durfte oder Strafe fürchten mußte, versuchte mit eingekniffenem Schwanz zu wedeln und sprang an mir hoch, während er gleichzeitig zu der Pfütze schielte, die sich im Flur vor dem Eingang ausbreitete. Reg dich nicht auf, sagte ich, das ist alles überhaupt nicht schlimm. Denn was ist schon noch schlimm, wenn einem solche Dinge zugestoßen sind, wie sie mir passiert sind? Ich ließ die Haustür offen und beeilte mich, selbst auf die Toilette zu kommen. Hinterher ließ ich kaltes Wasser über meine Hände laufen, um die steifen, blaugefrorenen Finger aufzutauen. Als ich auf den Flur zurückkam, waren zwei der fünf Katzen verschwunden. Eine dritte saß an der Tür und wagte nicht, die Schwelle zu überqueren. Na los, das ist deine letzte Chance, sagte ich und legte eine Hand an die Türklinke. Die Katze machte kehrt und sprang mit großen Sätzen ins Wohnzimmer zurück. Ich schloß die Tür und humpelte hinterher, ließ mich auf den Sessel fallen und löste mit Mühe die nassen Schuhbänder, zog mir ächzend die Stiefel von den Füßen. Die Socken klebten in den blutigen Kratern auf meinen Fersen. Ich löste sie behutsam ab, zog auch die nasse Hose und den Pullover aus und wickelte mich in Frau Oktobers Knieplaid. Ich reckte mich und wackelte mit den nackten Füßen. Die Hunde liefen abwechselnd immer wieder zur Haustür, kamen nach einer Weile zurück und sahen mich fragend an. Sie kommt nicht mehr – nie mehr, sagte ich und zog die Wolldecke fester um mich. Seid froh, daß ihr sie los seid. So ein häßliches altes Weib! Aber die Hunde liefen weiter zur Tür und jaulten.

Am nächsten Morgen saßen die beiden Katzen, die weggelaufen waren, wieder vor der Tür. Ich ließ sie herein und dafür die Hunde raus. Aber die Hunde wollten nicht allein spazierengehen, sondern blieben unschlüssig im Garten sitzen. Ich verpflasterte meine Fersen, zog zwei Paar Socken über und quälte meine Füße in die immer noch nassen Stiefel. Die Hose war auch noch feucht. Ich humpelte die paar Schritte bis zum Waldrand. In der letzten Nacht war so viel Schnee gefallen, daß der Weg überhaupt nicht mehr zu erkennen war. Als ich in ein Loch trat und bis zu den Hüften einsank, gab ich auf und kehrte um. Die Hunde folgten bereitwillig. Auch sie fanden kein Vergnügen mehr daran, nur in meinen Spuren zu laufen. Aber sie waren zu schwer, als daß die Schneedecke sie getragen hätte. Wenn sie es versuchten, brachen sie mit den Pfoten ein und mußten auf ihren Bäuchen rutschen und sich vorwärts wälzen. Sie sprangen auch nicht mehr in die Luft, sondern trotteten mit gesenkten Nasen hinter mir her. Ich beachtete sie kaum. Meine Gedanken rollten wie ein Haufen Murmeln durcheinander, prallten zusammen und stoben wieder auseinander.

Auch jetzt, während ich alles aufschreibe, weiß ich immer noch nicht, was ich sagen soll, falls mich die Schwägerin nach Frau Oktober fragt. Wie gut, daß die Dorfbewohner in einer so merkwürdigen Sprache reden. Da können sie mich sowieso nicht verstehen. Ob die Leute hier überhaupt die Fernsehsendungen begreifen? Vermutlich, sonst hätten sie doch nicht alle Satellitenschüsseln auf den Dächern. Aber dann können sie auch mich verstehen, und ich muß mir eine Ausrede ausdenken, wohin Frau Oktober verschwunden ist. Wie lange das wohl gutgeht? Ich könnte sagen, daß sie im Krankenhaus ist oder im Urlaub. Drei Wochen lang wäre das plausibel. Und dann? Der Mann, der die Zeitschriften ausfährt, wird vor dem verschlossenen Laden stehen. Na und? Dann ruft er hier an, und ich sage ihm, daß Frau Oktober im Krankenhaus ist und er keine Zeitungen bringen braucht, bis ich ihn wieder anrufe. Wenn er aber nun einen Schlüssel hat und die Zeitungen reinträgt – vielleicht in den Keller? Nein, warum sollte er sie in den Keller tragen? Dann müßte Frau Oktober sie ja wieder hochschleppen. Aber sie ist doch tot und kann gar nichts mehr hochschleppen. Er kommt schon Montag, der Mann, der die Zeitschriften ausfährt – falls es ein Mann ist. Spätestens Dienstag fällt auf, daß keiner die Zeitungen reingeholt hat. Niemand kennt mich hier. Wenn Frau Oktober niemandem meinen Namen gesagt hat, dann kennt mich hier auch niemand. Wenn ich jetzt verschwinde, wird man mich nie finden.

Auch als ich mit den Hunden im Wald war, dachte ich daran, einfach fortzulaufen. Ich ärgerte mich, daß ich das Geld aus dem Keller nicht mitgenommen hatte. Ich fror. Wenigstens schneite es zur Abwechslung mal nicht. Zu Hause wollte ich mir eine Suppe heiß machen. Ich humpelte eilig zum Haus zurück. Niemand begegnete mir. Für Weihnachtsspaziergänger war es wohl noch zu früh.

Ich spülte das Geschirr vom Vortag, stopfte meine Hose und den Pullover in die Waschmaschine und wischte den Urinfleck im Flur auf. Der Rand war bereits angetrocknet und hatte die Holzdielen weiß gebeizt. Ich erhitzte unter gelegentlichem Umrühren, wie es der Text auf der Dose empfohlen hatte, eine Hochzeitssuppe DUCHESSE und setzte mich in Unterwäsche in die überheizte Wohnstube. Aber als ich in die Suppe pustete, kamen die Tiere und bedrängten mich. Ich mußte ihnen erst die Näpfe füllen, bevor ich selbst essen konnte. Das grüne Licht machte mich schläfrig. Das Schmatzen der Tiere, das Summen der Waschmaschine und das Klirren des Löffels am Tassenrand waren die einzigen Geräusche im Haus. Ohne Frau Oktober war es ein großartiger Platz, um darin zu wohnen.

Ich werde hier nicht mehr weggehen. Ich habe genug Abenteuer erlebt. So viel ist in den letzten Tagen geschehen, daß die Erinnerungen daran mich kaum noch beunruhigen. Ich empfinde eher Überdruß und Erschöpfung. Ich sehne mich danach, wieder ein ruhiges, inhaltsloses Leben zu führen. Und hier, in Knippach, auf dem Berg, muß ich noch nicht einmal zur Arbeit gehen. Der Kühlschrank ist voller Vorräte. Irgendwo liegt sicher auch noch Geld. Ich werde so lange hier bleiben, wie es eben möglich ist. Irgendwann wird jemand kommen: der Bruder von Frau Oktober oder gleich die Polizei. Aber dann wird alles von selbst geschehen, ohne daß ich noch etwas dazu tun muß. Vielleicht bringt man mich ins Gefängnis. Wenn nur Köpfli nicht wäre.

Denn während ich noch meine Suppe aß, hoben plötzlich die Hunde ihre Schnauzen aus den Futternäpfen. Die kleinen, muskulösen Körper spannten sich. Ihre Lefzen bebten. Ein Auto fuhr vor. Das konnte nur Johann Köpfli sein. An den hatte ich überhaupt nicht mehr gedacht. Es klingelte, und die Hunde sprangen bellend zur Tür. Ich rührte mich nicht. Es klingelte noch einmal. Die Hunde kläfften immer schriller. Ich knipste schnell die beiden Tischlampen aus und setzte mich in die dunkelste Ecke zwischen das gelbe Sofa und das Regal mit den Plüschtieren, den Jahresgaben des Tierschutzvereins. Ich ahnte, daß Johann über den zwei Meter hohen Schneewall, der vor Frau Oktobers Haus aufgeschüttet war, klettern würde, um durch den Spalt, den die Jalousien offen ließen, in das Wohnzimmer hineinzusehen. Inzwischen war soviel Schnee gefallen, daß er mit Lastwagen aus Knippach hinausgefahren werden mußte. Es gab keinen Platz mehr, wo man ihn noch hätte hinschaufeln können. Da preßte Johann auch schon sein häßliches Gesicht gegen die Scheibe. Ich wagte kaum zu atmen, denn er sah genau in meine Richtung. Aber obwohl er die Hände wie Scheuklappen neben seine Augen hielt, konnte er mich nicht erkennen. Das Zimmer war sehr dunkel, und die gleißende Winterlandschaft läßt einem die Pupillen schrumpfen, bis sie so klein wie die kleinsten Granulatkörner werden, mit denen die Straßen bestreut sind. Johanns Kopf verschwand wieder. Wenig später hörte ich ihn am Küchenfenster poltern. Ich stellte mir vor, wie er mit seinem dünnen Körper durch den Schnee pflügte – um das ganze Haus herum. Jetzt mußte er am Schlafzimmerfenster sein. Ich hatte das Bett nicht gemacht. Schließlich klappte eine Autotür, und der Wagen sprang wieder an, fuhr rückwärts, wendete, und das Motorengeräusch entfernte sich, war endlich gar nicht mehr zu hören.

Johann Köpfli ist eine große Gefahr für meine Ruhe. Er wird sofort merken, daß Frau Oktober fort ist. Irgendwann muß ich ihn reinlassen und eine Ausrede erfinden, damit er nicht schon früher Verdacht schöpft.

Ich fühlte mich erleichtert, daß ich ihn so einfach losgeworden war. Jetzt würde ich den ganzen Tag allein sein und konnte machen, was ich wollte. Was sollte ich tun? Wenn ich wollte, konnte ich den ganzen Tag fernsehen. Zu Weihnachten gab es doch immer spannende Drei- oder Vierteiler, LEDERSTRUMPF oder die Geschichte irgendeines armen Waisenkindes, das auf wunderbare Weise zu Reichtum und Familie kam. Ich hatte diese Mehrteiler immer gesehen. Einmal war ich von Susanne Setzefant, die am zweiten Weihnachtstag Geburtstag hatte, überraschend eingeladen worden. Aber meine Mutter rief bei Setzefants an, daß ich krank wäre und nicht kommen könnte, so daß ich auch den dritten Teil von HEIDI nicht verpaßte. Ich suchte die Fernsehzeitung. Ich sah nach, ob sie nicht hinter den Fernseher gefallen war, und zog alle Schubladen auf. Die Zeitschrift lag in der Schreibtischschublade. Sie lag auf einem Stapel Maschinenpapier. Ich ließ die Zeitschrift liegen und zog das Papier heraus. Die Schreibmaschine, die auf der Arbeitsplatte stand, schob ich etwas zurück und legte drei der weißen DIN-A4-Seiten davor. Wie schön das Papier war: ganz weiß, ganz leer, ganz still. Ich beschloß, nicht fernzusehen und statt dessen dieses Papier vollzumachen. Ich holte mir einen der Stühle aus der Eßecke und setzte mich so, wie ich war – in Unterhose und einem gerippten Unterhemd von Frau Oktober –, vor die Schreibmaschine, zog sie zu mir heran und spannte ein Blatt ein. Ich hatte so ein Gerät noch nie benutzt, und es dauerte eine Weile, bis ich die Mechanik durchschaute und entdeckte, wie man z. B. Großbuchstaben tippt. Ich beobachtete, wie die Maschine nach jedem Tastendruck eine ihrer langen, knochigen Krallen auf das weiße Papier schlug, wie sie dort Spuren hinterließ, die den Vogelspuren draußen im Schnee ähnelten. Dann zog ich das Papier, auf dem ich geübt hatte, aus der Maschine und spannte ein neues ein. Ich legte die Hände in den Schoß, starrte auf die leere Seite und wußte nicht, wie ich anfangen sollte. Ich fragte mich, ob ich überhaupt etwas zu erzählen hatte, und fürchtete, daß das nicht der Fall war. Wenn ich die letzte Woche nicht mitrechnete, war mein Leben völlig ereignislos gewesen, leer, wie dieser Stapel unbeschriebenes Maschinenpapier. Still, kühl und angenehm gleichförmig war es gewesen wie der Schnee, der rundherum alles weich und grausam unter sich erstickte.

Es ist sieben Uhr morgens, der zweite Weihnachtstag. Obwohl man sich kaum einen ungeeigneteren Menschen als mich dafür denken kann, habe ich von gestern mittag bis jetzt geschrieben und mich nur unterbrochen, um zwischendurch mit den Hunden das kurze Stück bis zum Wald zu gehen und den Pullover und die Hose aus der Waschmaschine zu nehmen. Die Aufregungen der letzten Woche, sie stehen alle auf diesen Seiten, und ich hoffe, daß jetzt die Frische, die Leere und die Stille eines weißen Blattes Papier in meinen Kopf zurückkehren werden. Dies ist meine Geschichte gewesen.

***

26. 12. 93

Johann Köpfli war da.

Als ich heute mittag mit den Hunden vom Waldrand zurückkomme, steht der lindgrüne Wagen vor Frau Oktobers Haus. Johann Köpfli steigt aus, wünscht mir ein frohes Fest und will mit mir hineingehen. Er trägt wieder die Kordhose und die Weste aus Kunstleder, dazu diesmal ein braunes Hemd, auch aus Kord. Die Hunde knurren und umschleichen ihn steifbeinig. Das geht nicht, sage ich und schließe die Tür auf, Frau Oktober ist krank und darf nicht gestört werden. Wo ist denn ihr Auto, fragt Johann schlau. Das habe ich nicht bedacht. Ich will dir etwas verraten, sage ich zu Johann, Frau Oktober ist gar nicht krank, sie ist überhaupt nicht da. Aber ich habe versprochen, nicht zu verraten, wohin sie gefahren ist. Und ich darf niemanden ins Haus hereinlassen. Für mich gilt das nicht, sagt Johann. Ich war schon oft im Haus. Ich habe die Vertäfelung in der Küche gemacht und die Badewanne eingebaut. Da war ich ganz allein hier, während Frau Oktober in ihrem Geschäft war. Und in ihrem Geschäft habe ich den neuen Linoleumboden verlegt. Der Schnee hat sich auf Johanns Kopf und auf seinen Schultern gesammelt. Johann sieht nicht so aus, als ob er sich abweisen ließe, darum verlege ich mich darauf, ihn zu vertrösten. Komm morgen wieder, sage ich. Morgen ist nicht so schlimm wie jetzt. Die Gegenwart ist ein lästiger, aufdringlicher Zustand, während die Zukunft zum Glück noch nicht da ist und die Vergangenheit sich wie ein Film betrachten läßt. Ich habe mir heute extra freigenommen, murrt Johann und rückt einen Schritt näher. Na gut, dann komm heute abend um acht, aber nicht jetzt. Jetzt bin ich müde, furchtbar müde, sage ich und gähne, um es zu beweisen. Bevor Johann etwas erwidern kann, schlüpfe ich hinter den Hunden ins Haus und schlage die Tür zu. Bis nachher, rufe ich durch die geschlossene Tür. Als ich nach einer halben Stunde noch einmal öffne und hinaussehe, sitzt Johann noch immer in seinem Auto vor dem Haus. Er starrt mich an. Der Schnee auf seinem Haar ist geschmolzen und läuft ihm in Schlieren über das Gesicht. Schnell schlage ich die Tür wieder zu. Endlich startet der Wagen, wendet und fährt. Ich weiß, was dieser schmierige alte Kerl von mir will, so dumm bin ich nicht.

Vier der acht Fenster, die ich von meinem Lieblingsplatz in der Wohnung meiner Mutter sehen konnte, waren Schlafzimmerfenster. An manchen Abenden vergaßen die Bewohner eines dieser Schlafzimmer, die Gardinen zuzuziehen, und ich konnte den Mann oder die Frau darin beobachten. Sie betraten das Schlafzimmer, knipsten das Licht an und zogen sich aus. Die Frau trug unter ihren Kleidern meist schwarze oder hellblaue Nylon-Unterkleider, die sich eng an den Körper schmiegten. Der Mann hatte immer weiße T-Shirts und bunte Unterhosen an. Wenn sie sich ausgezogen hatten, öffneten sie den Spiegelschrank und zogen sich etwas anderes über. Dann drehten sie sich vor dem Spiegel, und manchmal zog die Frau sich noch einmal aus und wieder etwas anderes an. Als ich älter wurde und länger aufbleiben durfte, sah ich sie sogar nackt. Und ich sah, was sie miteinander taten und wie sie es taten. Das waren seltene, kostbare Tage. Die Bewohner der anderen drei Schlafzimmer vergaßen so gut wie nie, die Vorhänge zuzuziehen. Meine Mutter wunderte sich, daß ich nachts immer so lange aufblieb und lieber im Wohnzimmer las statt neben ihr im Bett, wo ich es doch viel bequemer gehabt hätte. Zu meinem sechzehnten Geburtstag wünschte ich mir ein Fernglas und ein Buch über Käfer.

Nachdem ich Johann endlich los bin, mache ich mir ein Brot und eine Kanne Tee und setze mich wieder an den Schreibtisch. Vielleicht ist heute der letzte Tag, an dem ich in Ruhe meine Aufzeichnungen machen kann. Diesem Johann Köpfli ist nicht über den Weg zu trauen. Ich nehme mir das Papier vor, das ich gestern vollgeschrieben habe, lese alles noch einmal durch. Als ich an die Stelle komme, wo sich Frau Oktobers krakenhafte Natur herausstellt, befällt mich plötzlich das gleiche Gefühl, das mich schon in Herrn Bilchers Büro quälte, als ich ihm erzählte, daß meine Wohnung abgebrannt sei: *Viel zu dick aufgetragen – das glaubt der doch nie.* Aber damals konnte ich den versengten Pyjama vorweisen; und diesmal habe ich nichts. Im Märchen schneiden die Drachenbezwinger dem Untier immer die Zunge und die Ohren ab. Als Beweis. Das habe ich versäumt, und jetzt wird mir niemand glauben. Den Pyjama habe ich auch nicht mehr. Es klingt ja auch zu unwahrscheinlich: Erst brennt meine Wohnung ab, und nur drei Tage später muß ich mit einem Ungeheuer kämpfen, das halb Tintenfisch und zur anderen Hälfte eine alte Frau ist.

In der Schreibtischschublade habe ich auch noch einen Schnellhefter gefunden, in dem Frau Oktober die Adressen von zwei Tierärzten, dem Tierheim, zwei Tierpensionen und dem Tierschutzbund notiert hat. Ich reiße die Seite heraus.

Weil ich keinen Locher finden kann, muß ich meine Aufzeichnungen über die letzte Woche Blatt für Blatt mit der Heftklammer durchbohren. Dadurch liegen die Seiten etwas schief und unordentlich aufeinander. Auf dem Umschlag des Schnellhefters steht: TIERE. Ich streiche TIERE durch und schreibe statt dessen:

MEIN LEBEN
von Anita Dams

Ich nehme mein Leben in die Hand und wiege es. Es ist ein bißchen dünn. Ich nehme noch einen Teil des unbenutzten Schreibmaschinenpapiers aus der Schublade und hefte es hinter die von mir beschriebenen Seiten. Ich wiege das Manuskript noch einmal in der Hand. Diesmal ist es genug. Mir gefällt, daß ich den Bericht mit einer Reihe von Sternen abgeschlossen habe. Sie sehen wie Schneekristalle aus.

27. 12. 93

Gestern abend kam Johann Köpfli, pünktlich um acht. Wieder trug er die Kordhose und die Weste aus Kunstleder. Darunter hatte er ein hellgelbes Hemd angezogen. Er war immer noch wütend, daß ich ihn nicht hereingelassen hatte. Wie einen kleinen Jungen hätte ich ihn abgefertigt, schimpfte er, ihm die Tür vor der Nase zugeschlagen. So behandele man keinen Mann. Und er, Johann Köpfli, sei ein Mann. Ich setzte Kaffeewasser auf und stellte Kekse auf den Couchtisch. Johanns Zorn ließ etwas nach. Er setzte sich auf das gelbe Sofa, vor dem die Hunde lagen und ihn mißtrauisch anblinzelten. Die Katzen hielten sich versteckt. Hast du dich über mein Weihnachtsgeschenk gefreut?, fragte er. Welches Weihnachtsgeschenk? Ich habe dir ein Päckchen an die Tür gehängt. Ach so – das habe ich noch gar nicht ausgepackt. Ich wußte nicht, daß es für mich ist. Ich wurde rot. Johann grinste. Das mochte er, wenn ich rot wurde. Er lehnte sich zurück und streckte die Beine aus. Die Hunde knurrten und verzogen sich unter den Eßtisch. Na, dann hol es doch her und pack es aus, sagte Johann. Er schaute mir nach, als ich hinausging. Ich spürte das ganz deutlich. Immer starrte er mich an. Ich war froh, daß ich so einen großen weiten Pullover über der Jeanshose trug. Ich kam mit der Kaffeekanne und dem Päckchen, dessen Papier voller Tannenzweige und roter Kerzen war, zurück. Johann klopfte auf den freien Platz an seiner Seite, und ich stellte die Kaffeekanne neben die Kekse auf den Glastisch und setzte mich auf das Sofa, so weit von Johann entfernt, wie es ging. Vorsichtig löste ich den Tesafilmstreifen vom Papier. Es riß aber trotzdem ein, denn es war dünnes Seidenpapier. Darin lag eine Schachtel Schokoladentäfelchen, die wie kleine, braune Briefumschläge aussahen. LOVE LETTERS stand auf der Schachtel. Freust du dich? Ja. Er beugte sich zu mir herüber und versuchte, mich auf den Mund zu küssen. Ich drehte den Kopf weg, so daß er nur den Hals traf. Ich wollte aufstehen. Johann legte mir die Hand auf die Schulter und hielt mich unten. Das kannst du mit mir nicht machen. Nicht mit mir! Er packte meinen Kopf, drehte ihn zu sich her und preßte seinen Mund auf meine Lippen. Ich hielt die Lippen eisern geschlossen. Als Johann sich wieder von meinem Gesicht löste, schwitzte er. Der Raum ist fürchterlich überheizt, schimpfte er. Und diese gräßliche Beleuchtung, in der alles wie verschimmelt aussieht! Er fing wieder davon an, daß er ein Mann sei. Er, Johann Köpfli, sei ein Mann, auch wenn er seit acht oder neun Jahren keine Frau mehr gehabt habe. Andere würden sich an so etwas vielleicht gewöhnen und abstumpfen, aber nicht er. Er fühle, wie es in ihm brenne und wüte, als wäre er noch immer zwanzig Jahre alt. Johann sah mich an, aber ich wußte nicht, was ich dazu sagen sollte. Als ich nichts erwiderte, sagte Johann: Ich war vorhin in der Stadt, beim Laden von Frau Oktober. Er machte eine Pause, um zu sehen, wie ich reagierte. Als ich mich nicht rührte, fuhr er fort: Ihr Auto steht immer noch in der Tiefgarage. Sie ist überhaupt nicht weggefahren. Ich werde wohl mal nach dem Rechten sehen müssen. Er sah mich lauernd an. Ja, antwortete ich, das ist merkwürdig. Das ist sehr merkwürdig. Ich finde, du solltest sofort nachsehen; jetzt sofort. Ich gebe dir die Schlüssel.

Ich wollte ihn loswerden. Um jeden Preis. Irgendwann würde die Polizei sowieso auftauchen. Sie hätte meinetwegen schon an diesem Abend kommen können, wenn ich dafür nur Johann Köpfli losgeworden wäre. Er war das Lästigste, was mir je begegnet war. Er war noch schlimmer als Frau Oktober. Immer tat er so höflich und von oben herab, aber in Wirklichkeit wollte er tiefer in mich hinein als je ein Mensch zuvor. Er wollte in meine Eingeweide.

Dafür ist morgen auch noch Zeit, sagte Johann. Jetzt komm, laß uns ins Schlafzimmer gehen. Er zog mich an der Hand hinter sich her. Die Lampe im Schlafzimmer war nicht mit dunklen Tüchern verhängt. Sie hatte einen silbernen Metallschirm und gab helles, weißes Licht. Magst du's bei Licht, fragte Johann. Ich antwortete nicht. Ich mag's bei Licht, sagte er. Zieh dich aus! Er streifte seine Weste ab und nestelte mit zitternden Fingern an seinen Hemdknöpfen. Ich rührte mich nicht. Er umarmte mich ungeschickt und fuhr mir unter den Pullover. Er schob meinen BH hoch. Er keuchte. Er zog mir den Pullover über den Kopf. Ich half ihm dabei, weil ich mir albern vorkam, als ich mit dem Kopf im Kragen feststeckte und Johann an den Ärmeln zerrte. Dann zog ich mich weiter aus.

Es war nicht schlimm. Daß es auch nicht schön sein würde, hatte ich schon vorher gewußt. Es war nur ein besonders unangenehmes Stück Gegenwart. Aber die Gegenwart ist immer kurz und gleich wieder vorbei. Eigentlich ist die Gegenwart nur so etwas wie eine Kaffeemühle, in die man oben Zukunft hineinschüttet und bei der unten Vergangenheit herauskommt.

Ich lehnte mit dem Rücken an dem weißen Kleiderschrank und hielt mich fest, wie Johann es mir gezeigt hatte. Er stand nackt und dünn vor mir, und sein Penis ragte von ihm ab wie eine häßliche Absicht. Als ich den Kopf zur Seite drehte, konnte ich im Spiegelbild des schwarzen Fensters sehen, wie ein dürrer Mann, dem seine heruntergezogenen Hosen um die Füße schlotterten, sich in eine kleine, plumpe Frau bohrte. Der Mann war so groß, daß er mit dem Kopf beinahe gegen den Lampenschirm stieß, obwohl er die Knie gebeugt hielt. Das Licht schien rosig durch seine abstehenden Ohren. Er hielt sich an den Hüften der kleinen Frau fest. Mit ernstem Gesicht und den zweckmäßigen, freudlosen Bewegungen einer Pleuelstange bewegte er sich in ihr und erschütterte das weiche Fleisch ihrer Brust. Dieser Anblick interessierte mich und lenkte mich von dem Schmerz ab, den Johann mir bereitete. Kein großer Schmerz.

Fast wäre Johann gegangen, ohne den Schlüssel für Frau Oktobers Schreibwarenladen mitzunehmen. Ich mußte ihn daran erinnern.

Das war gestern. Heute schneit es. Wenn es so weiterschneit, wird Frau Oktobers Haus im Schnee versinken, und die Polizei kann mich nicht finden. Jetzt ist es schon zwei Uhr. Ich weiß nicht, wann Johann Köpfli heute nach Lörrach gefahren ist. Sowie er die Leiche von Frau Oktober gefunden hat, wird jemand kommen und mich abholen, vermutlich die Polizei. Ich bin bereit. Vor mir auf dem Schreibtisch liegt der Schnellhefter mit meinen Aufzeichnungen. Ich bin nicht traurig, daß ich weggehen muß. Dieses Haus ist keine Zuflucht mehr, seit ich jederzeit mit Johanns Besuch rechnen muß, seit er hier rein- und rausgeht. Und außerdem habe ich mein Leben gelebt. Ich habe auch meine wilden Zeiten gehabt, habe mich in der letzten Woche noch einmal richtig ausgetobt. Junge Leute müssen sich austoben. Sie müssen sich die Hörner abstoßen. Aber jetzt ist es genug. Jetzt ist es Zeit, wieder vernünftig und ruhig zu werden und in einem stillen Hafen vor Anker zu gehen. Ich habe so vieles erlebt, worüber ich nachdenken kann, wenn ich in einer Gefängniszelle sitze. Ich habe sogar mit einem Mann geschlafen. Das hatte ich zwar gar nicht vor, aber nachträglich betrachtet ist es doch gut, daß es geschehen ist, weil ich jetzt nicht mehr befürchten muß, daß ich eines Tages denken werde, ich hätte irgend etwas verpaßt.

Jetzt ist es vier Uhr, und noch immer ist niemand gekommen. Ich habe die Tiere gefüttert und bin mit den Hunden gegangen. Im Fernsehen läuft eine Talkshow. Vier junge Leute mit sehr kurzen Haaren erzählen davon, daß sie gern andere Menschen quälen oder sich gern quälen lassen. Dafür haben sie sich in einem Verein zusammengeschlossen. Es ist unglaublich! Das ist es, was seit ein paar Jahren passiert: Niemand schämt sich mehr. Was man sich auch immer hat zuschulden kommen lassen, spätestens durchs Fernsehen erfährt man von anderen, die es genauso treiben oder treiben wollen. Gleichgesinnte. Wenn man sich früher seiner Wünsche geschämt hat, so brüstet man sich heute seiner Taten.

Aber wenn es möglich ist, daß die Schlechtigkeit sich in Vereinen zusammenschließt, dann ist alles möglich – dann ist auch möglich, daß eine Frau davon weiß, daß ihr Mann ein Mitschnacker, ein böser Onkel, ein Kinderschänder ist, und es duldet und nichts dagegen unternimmt. Es bedeutet, daß meine Mutter doch nicht gelogen hat, als sie mir das Haus mit dem einzigen Fenster zur Straßenseite hin zeigte und mir erzählte, was es damit auf sich hatte. Alles, was sie sagte, war die Wahrheit. Sie wußte es, und ich habe ihr nicht geglaubt. Ich bin froh, daß ich jetzt weiß, daß sie nie gelogen hat.

Gegen sechs Uhr hält ein Polizeiwagen vor Frau Oktobers Haus, und ein junger Polizist mit einem schwarzen Schnauzbart steigt aus. Er muß sich den Weg bis zur Haustür freischaufeln. Ich habe nicht daran gedacht, den Schnee zu räumen. Der Polizeiwagen hat beträchtliches Aufsehen erregt. Hier ist wohl lange keiner mehr heraufgekommen. Die Einwohner von Knippach sind dem Polizeiwagen hinterhergelaufen. Sie bleiben aber auf der Straße vor Frau Oktobers Grundstück stehen und starren zu mir herüber, als ich öffne. Es ist ein großer Haufen, mindestens dreißig Leute, auch ein paar Kinder darunter. Sie recken sich, um zu verstehen, was der Polizist zu mir sagt, aber sie wagen nicht, den Garten zu betreten. Der Schnee ist so tief. Guten Abend, sagt der Polizist und nimmt seine Mütze ab, sind Sie Anita Dams? Ich erkenne ihn sofort wieder. Es ist der Polizist, der mir damals in Hamburg, im Krankenhaus, gesagt hat, daß alle meine Sachen verbrannt seien. Ich nicke. Ja, sage ich, ich bin bereit. Sie können mich mitnehmen. Der Polizist lächelt. Das wird nicht nötig sein. Ich weiß, daß Sie unschuldig sind. Es war ein Tintenfisch, nicht wahr? Sie mußten sich gegen einen Tintenfisch zur Wehr setzen? Ja, sage ich, es war eine Riesenkrake, ein Oktopus. Das war bestimmt sehr schlimm für Sie, sagt der junge Polizist. Ich nicke. Aber es ist ja schon vorbei, sage ich. Es ist ja schon Vergangenheit. Er wendet sich zum Gehen: Es genügt, wenn Sie im Laufe der nächsten zwei Wochen einmal zu uns ins Revier nach Lörrach kommen, um Ihre Aussage zu Protokoll zu geben. Johann Köpfli wird Sie sicher gern mitnehmen. Dann stapft der Polizist zu seinem Wagen zurück, um den sich die Knippacher geschart haben. Er scheucht sie auseinander. Aber was soll ich solange tun, rufe ich aus der Tür. Was soll ich machen? Füttern Sie die Tiere, ruft er mir zu. Dann steigt er in seinen Polizeiwagen und fährt fort.

Es ist Nacht. Eben wollte ich mit den Hunden spazierengehen, aber die Haustür ließ sich nicht mehr öffnen. Ich bin eingeschneit. Die Flocken, die vom Himmel fallen, sind inzwischen so groß wie Kopfkissen. Es wird nie mehr aufhören zu schneien. Frau Oktobers Haus ist versunken. Noch schaut der Schornstein heraus, aber rundherum liegt der

Schnee so glatt wie ein straffes Krankenhauslaken. Nichts sonst deutet darauf hin, daß darunter ein Haus begraben ist. Eine Eule sitzt auf dem Schornstein und betrachtet die Kreuze, die ihre Klauen im Schnee hinterlassen haben, als sie ein paar Schritte zu Fuß gegangen ist. Ich weiß das. Ich habe gehört, wie sie über den Schnee ging. Jetzt sitzt sie auf dem Schornstein und betrachtet die Kreuze. Ich sitze im Wohnzimmer wie Jonas im Walfischbauch. Es ist vollkommen still. Nur einmal dringt gedämpft und von sehr weit her das Aufheulen eines Automotors zu mir durch. Es ist ein Geräusch, das mich nichts mehr angeht. Johann Köpfli kann nicht zu mir herein. Ich habe es warm und bequem. Ich werde auch nicht hungern müssen. Alles ist so, wie es einmal gewesen ist. Alles ist gut.

Inhalt

Neuere deutschsprachige Literatur
in den suhrkamp taschenbüchern

Neuere deutschsprachige Literatur
in den suhrkamp taschenbüchern

Neuere deutschsprachige Literatur
in den suhrkamp taschenbüchern

250/3/11.94

Frauenforschung und Feminismus
im Suhrkamp Taschenbuch Verlag

Aus der Zeit der Verzweiflung. Zur Genese und Aktualität des Hexen-
bildes. Beiträge von Gabriele Becker, Silvia Bovenschen, Helmut
Brackert, Sigrid Brauner, Ines Brenner, Gisela Morgenthal, Klaus
Schneller, Angelika Tümmler. es 840

Johann Jakob Bachofen: Das Mutterrecht. Eine Untersuchung über die
Gynaikokratie der alten Welt nach ihrer religiösen und rechtlichen
Natur. Eine Auswahl, herausgegeben von Hans-Jürgen Heinrichs.
stw 135

Seyla Benhabib: Selbst und Kontext. Kommunikative Ethik im Span-
nungsfeld von Feminismus, Kommunitarismus und Postmoderne. Aus
dem Amerikanischen von Isabella König. es 1725

Berühmte Frauen. Kalender 1996. Von Luise F. Pusch. st 1996

Silvia Bovenschen: Die imaginierte Weiblichkeit. Exemplarische Unter-
suchungen zu kulturgeschichtlichen und literarischen Präsentations-
formen des Weiblichen. es 921

Briefe berühmter Frauen. Von Liselotte von der Pfalz bis Rosa Luxem-
burg. Herausgegeben von Claudia Schmölders. it 1505

Judith Butler: Das Unbehagen der Geschlechter. Aus dem Amerikanischen von Kathrina Menke. es 1722

Caroline Walker Bynum: Fragmentierung und Erlösung. Aus dem Amerikanischen von Brigitte Große. es 1731

Dekonstruktiver Feminismus. Literaturwissenschaft in Amerika. Herausgegeben von Barbara Vinken. es 1678

Denksachen. Zur theoretischen und institutionellen Rede vom Geschlecht. Herausgegeben von Gesa Lindemann und Theresa Wobbe.
es 1729

Denkverhältnisse. Feminismus und Kritik. Herausgegeben von Elisa-
beth List und Herlinde Studer. es 1407

Feminismus. Inspektion der Herrenkultur. Ein Handbuch. Herausgegeben von Luise F. Pusch. es 1192

Nancy Fraser: Widerspenstige Praktiken. Macht, Diskurs, Geschlecht.
es 1726

Das Geschlecht der Natur. Feministische Beiträge zur Geschichte und
Theorie der Naturwissenschaften. Herausgegeben von Barbara Or-
land und Elvira Scheich. es 1727

Geschlechtverhältnisse und Politik. Herausgegeben vom Institut für
Sozialforschung Frankfurt. Redaktion: Katharina Pühl. es 1730

Susan Griffin: Frau und Natur. Das Brüllen in ihr. Aus dem Amerikanischen von Renate Stendhal. es 1405

Barbara Hahn: Unter falschem Namen. Von der schwierigen Autor-
schaft der Frauen. es 1723

Frauenforschung und Feminismus
im Suhrkamp Taschenbuch Verlag

Frauenforschung und Feminismus
im Suhrkamp Taschenbuch Verlag

Bram van Stolk / Cas Wouters: Frauen im Zwiespalt. Zwischen Frauen-
haus und Zuhause: Beziehungsprobleme im Wohlfahrtsstaat. Über-
setzt von Michael Schröter. Mit einem Vorwort von Norbert Elias.
stw 685

Töchter berühmter Männer. Neun biographische Portraits. Herausgegeben von Luise F. Pusch. st 2349

Von fremden Stimmen. Weibliches und männliches Sprechen im Kul-
turvergleich. Herausgegeben von Susanne Günthner und Helga
Kotthoff. es 1721

Wahnsinnsfrauen. Herausgegeben von Sibylle Duda und Luise F. Pusch.
Erstausgabe. st 1876

Wahnsinnsfrauen II. Neue Portraits. Herausgegeben von Sibylle Duda
und Luise F. Pusch. st 2493

Ingeborg Weber-Kellermann: Die deutsche Familie. Versuch einer Sozi-
algeschichte. st 185

Uwe Wesel: Der Mythos vom Matriarchat. Über Bachofens Mutterrecht und die Stellung von Frauen in frühen Gesellschaften vor der
Entstehung staatlicher Herrschaft. stw 333

Wie männlich ist die Wissenschaft? Herausgegeben von Karin Hausen
und Helga Nowotny. stw 590